Samuel: Raillon

L. Frank Baum

Le magicien d'Oz

TRADUCTION D'YVETTE MÉTRAL

ILLUSTRATIONS DE WILLIAM WALLACE DENSLOW

Version abrégée et dossier pédagogique
de Pascal Dupont
(formateur IUFM Midi-Pyrénées)

Castor Poche

Ce livre est dédié à mon meilleur ami et compagnon de route, ma femme.
L. Frank Baum

Titre original : *The Wonderful Wizard of Oz*

87, quai Panhard-et-Levassor – 75647 Paris Cedex 13
ISBN : 978-2-0812-5632-3

Introduction

Folklore, légendes, mythes et contes de fées ont accompagné l'enfance à travers les âges, car tout enfant équilibré manifeste un goût spontané et sain pour les histoires fantastiques, merveilleuses, et de toute évidence imaginaires. Les fantaisies ailées de Grimm et d'Andersen ont plus contribué au bonheur des cœurs enfantins que n'importe quelle autre création humaine.

Toutefois, ayant servi pendant des générations, les contes de fées du temps jadis peuvent être à présent rangés dans le rayon « historique » des bibliothèques de la jeunesse ; car l'époque est venue de renouveler le genre des contes merveilleux : il convient d'en éliminer les stéréotypes désuets de génies, de nains et de fées, en même temps que toutes ces horribles péripéties qui glacent le sang, imaginées par leurs auteurs en vue de doter chaque récit d'une moralité terrifiante. Comme l'éducation moderne comprend l'apprentissage de la morale, les enfants contemporains recherchent seulement le divertissement dans les contes merveilleux, et se passent allègrement de tout incident désagréable.

C'est dans cet esprit qu'a été écrite l'histoire du « merveilleux magicien d'Oz », dans le seul but de plaire aux enfants d'aujourd'hui. Elle aspire à être un conte de fées modernisé, qui, tout en conservant l'émerveillement et la joie propres au genre, en bannisse les chagrins et les cauchemars.

L. Frank Baum
Chicago, avril 1900.

Chapitre 1

Le cyclone

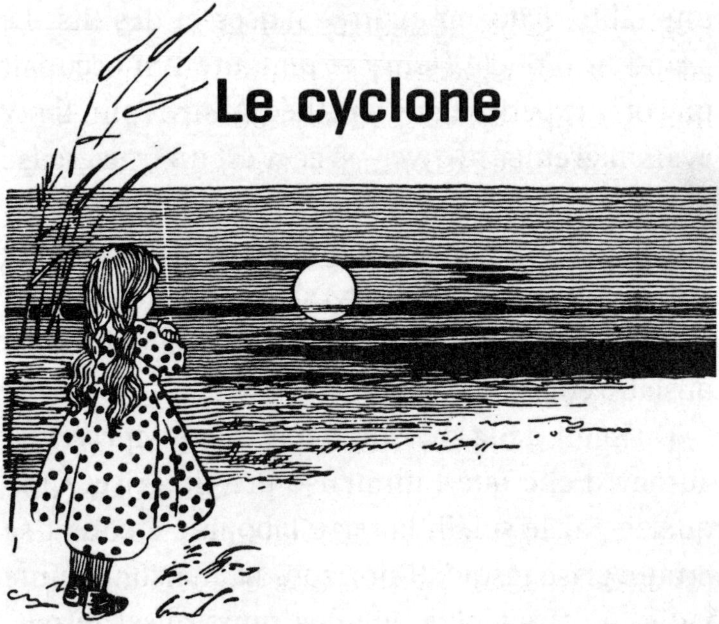

Dorothée vivait au cœur des grandes prairies du Kansas, avec l'oncle Henry qui était fermier, et tante Em, la femme du fermier. Leur maison était petite, car, pour la construire, il avait fallu apporter de très loin le bois en charrette. Elle avait quatre murs, un plancher et un plafond, ce qui faisait une pièce ; celle-ci était garnie avec un vieux fourneau rouillé, un buffet pour la vaisselle, une table, trois ou quatre chaises et des lits. Le grand lit d'oncle Henry et de tante Em occupait un coin, le petit lit de Dorothée l'autre coin. Il n'y avait ni grenier ni cave – si ce n'est un trou creusé dans le plancher et baptisé « la cave au cyclone », où la famille se réfugiait lorsque se déchaînait la tempête. Une trappe s'ouvrait au milieu du plancher, et l'on descendait par une échelle dans cet obscur réduit.

Du seuil de la maison, Dorothée n'apercevait autour d'elle que l'immense prairie grise. Craquelée par le soleil, la terre labourée étendait sa croûte grise jusqu'à l'horizon. La maison, peinte jadis, n'offrait plus que des murs aussi ternes, aussi gris que ce qui l'entourait, le soleil ayant fait des cloques dans la peinture, les pluies l'ayant délavée.

Lorsque tante Em vint vivre là, c'était une jeune et jolie femme. Le soleil et le vent l'avaient transformée, elle aussi. Ils avaient éteint l'éclat de ses yeux, décoloré le rouge de ses joues et de ses lèvres. À présent, tante Em ne savait plus sourire. Quand Dorothée, qui était orpheline, vint habiter chez elle, la pauvre femme fut tellement saisie par le rire de l'enfant, qu'elle poussait de petits cris d'effroi chaque fois que la voix joyeuse de Dorothée retentissait à ses oreilles.

Oncle Henry ne riait jamais non plus. Il travaillait dur du matin au soir et ignorait ce qu'était la joie. Lui aussi était gris, depuis sa longue barbe jusqu'à ses grosses bottes ; il avait l'air sévère et grave et parlait peu.

Si Dorothée riait, c'était à cause de Toto ; lui seul l'empêchait de devenir aussi grise que son entourage. Toto n'était pas gris pour un sou : petit chien noir aux longs poils soyeux, ses yeux pétillants clignaient gaiement de chaque côté de sa drôle de truffe. Toto passait ses journées à jouer. Dorothée partageait ses jeux et l'aimait tendrement.

Aujourd'hui pourtant, ils ne jouaient pas. Oncle Henry était assis sur le seuil de la porte et, d'un air soucieux, regardait le ciel, encore plus gris que d'habitude. Debout dans l'embrasure, Dorothée tenait Toto dans ses bras et contemplait le ciel, elle aussi. Tante Em faisait la vaisselle.

Le vent du nord leur arrivait avec une sourde plainte. Un sifflement strident dans l'air leur fit tourner la tête vers le sud ; ils virent alors des vagues de vent accourir dans l'herbe de ce côté aussi.

Immédiatement, oncle Henry fut sur pied.

— Un cyclone, Em ! cria-t-il à sa femme ; je vais m'occuper des bêtes.

Et il courut vers les étables.

Tante Em laissa tomber sa besogne et se dirigea vers la porte. D'un regard, elle comprit l'imminence du danger.

— Vite, Dorothée, cria-t-elle, cours à la cave !

Toto sauta des bras de Dorothée et alla se réfugier sous le lit ; la fillette essaya de l'en déloger. Tante Em, au comble de la frayeur, ouvrit brusquement la trappe du plancher et dégringola par l'échelle dans le petit trou sombre. Dorothée avait enfin rattrapé Toto et allait suivre sa tante, quand le hurlement de la tempête la surprit au milieu de la pièce. La maison fut secouée avec une telle violence que l'enfant en perdit l'équilibre et se retrouva assise par terre.

Alors une chose étrange advint.

La maison tournoya deux ou trois fois sur elle-même et s'éleva lentement dans les airs. Le vent du nord et le vent du sud se rencontrèrent à l'endroit où se trouvait la maison et en firent le centre exact du cyclone. Au cœur même d'un cyclone, l'air est calme d'habitude, mais la forte pression des vents, de part et d'autre de la maison, la poussait si haut, si haut qu'elle se retrouva à la pointe du cyclone ; et fut emportée comme une plume à des lieues et des lieues de là.

Il faisait très sombre, et le vent l'entourait de ses mugissements horribles, mais Dorothée trouva qu'elle voguait plutôt confortablement. Ce remue-ménage n'était guère du goût de Toto. Il courait en tous sens dans la pièce. Dorothée, assise sur le plancher, attendait calmement la suite des événements.

Au fil des heures, Dorothée se remettait peu à peu de ses émotions ; mais elle se sentait bien seule. Au début, elle avait craint de se briser en mille morceaux, quand la maison retomberait sur le sol. Mais à mesure que le temps passait, rien de terrible ne se produisait ; elle cessa donc de s'inquiéter et décida d'attendre paisiblement et de voir ce que le futur amènerait.

En rampant sur le plancher qui tanguait, elle finit par atteindre son lit et s'allongea ; Toto vint se réfugier auprès d'elle.

Malgré les clameurs du vent, Dorothée ferma les yeux et sombra bientôt dans un profond sommeil.

Chapitre 2

La rencontre avec les Muntchkinz

Dorothée fut réveillée par un choc si brusque et si violent que, si elle n'avait été allongée sur son lit moelleux, elle aurait pu se faire mal. Dorothée s'assit sur son lit et remarqua que la maison ne bougeait plus ; elle sauta du lit et courut à la porte, Toto sur ses talons.

La petite fille poussa un cri d'admiration et regarda autour d'elle ; ses yeux s'écarquillaient à chaque merveille qu'elle découvrait.

Le cyclone avait déposé la maison tout doucement – pour un cyclone – au beau milieu d'un pays d'une beauté prodigieuse. De ravissants parterres de gazon verdoyaient sous des arbres majestueux, lourds de fruits savoureux. Des fleurs superbes formaient des massifs de tous côtés, et des oiseaux au plumage rare et étincelant chantaient et voletaient dans les arbres. Un peu plus loin bondissait un ruisseau : que le murmure de sa voix était agréable, pour une petite fille qui avait vécu si longtemps dans les prairies sèches et grises !

Tandis qu'elle dévorait des yeux ce spectacle d'une étrange beauté, elle vit venir à elle un groupe d'êtres bizarres, comme elle n'en avait jamais vu. Il y avait trois hommes et une femme, tous bizarrement costumés. Ils étaient coiffés de chapeaux ronds qui se terminaient en pointe, à trente centimètres au-dessus de leurs têtes. Les chapeaux des hommes étaient bleus ; celui de la petite femme, blanc, comme aussi la robe qui tombait en plis de ses épaules. Les hommes étaient vêtus de bleu, de la même nuance que leurs chapeaux. Dorothée se dit qu'ils pouvaient avoir l'âge d'oncle Henry, car deux d'entre eux portaient la barbe. Mais la petite femme, elle, était sans aucun doute beaucoup plus vieille : elle avait le visage couvert de rides, ses cheveux étaient presque blancs et elle marchait avec une certaine raideur.

À quelques pas du seuil où se tenait Dorothée, ces petites personnes s'arrêtèrent et chuchotèrent entre elles. Puis la petite vieille s'avança vers Dorothée, fit une grande révérence et, d'une voix douce, prononça ces mots :

— Soyez la bienvenue, très noble Enchanteresse, au pays des Muntchkinz. Nous vous sommes très reconnaissants d'avoir tué la Méchante Sorcière de l'Est et d'avoir libéré notre peuple de l'esclavage.

Dorothée écouta ce discours avec étonnement. Que voulait dire cette petite femme, en l'appelant « Enchanteresse » et en affirmant qu'elle avait tué la Méchante Sorcière de l'Est ? Dorothée était une petite fille innocente et inoffensive ; un cyclone l'avait transportée à des lieues et des lieues de chez elle ; et jamais de sa vie, elle n'avait tué quoi que ce soit.

Visiblement, la petite femme attendait d'elle une réponse ; alors Dorothée dit, non sans hésitation :

— Vous êtes très aimable, mais ce doit être une erreur – je n'ai rien tué du tout.

— En tout cas, votre maison l'a fait, répliqua la vieille femme en riant, et cela revient au même. Voyez ! poursuivit-elle en montrant un coin de la maison, on voit encore ses deux orteils qui dépassent de sous ce gros morceau de bois.

Dorothée regarda et poussa un petit cri de frayeur. En effet, juste sous l'angle de la grosse poutre qui soutenait la maison, deux pieds dépassaient, chaussés de souliers d'argent à bout pointu.

— Mon Dieu, mon Dieu ! s'écria Dorothée, la maison a dû lui tomber dessus. Qu'allons-nous faire ?

— Il n'y a rien à faire, dit calmement la petite femme.

— Mais qui était-ce ? demanda Dorothée.

— C'était, je vous le répète, la Méchante Sorcière de l'Est, répondit l'étrange vieille. Pendant des années, elle a tenu en esclavage tous les Muntchkinz et les faisait travailler pour elle jour et nuit. Les voilà tous libres désormais, et ils vous sont reconnaissants du bienfait.

— Qui sont les Muntchkinz ? demanda Dorothée.

— Les gens qui vivent dans ce pays de l'Est.

— Êtes-vous une Muntchkin ?

— Non, moi je vis dans le pays du Nord, mais je suis leur amie. Quand les Muntchkinz ont vu que la Sorcière de l'Est était morte, ils m'ont dépêché un rapide messager et je suis accourue aussitôt. Je suis la Sorcière du Nord.

— Oh, ciel ! cria Dorothée. Vous êtes une vraie sorcière ?

— Assurément, répliqua la petite femme. Mais je suis une Bonne Sorcière, et les gens m'aiment beaucoup.

— Mais je croyais que toutes les sorcières étaient méchantes, dit la fillette, peu rassurée.

— Oh ! non, c'est une grossière erreur. Il y avait quatre sorcières en tout dans le pays d'Oz ; deux vivent au Nord et au Sud et sont de Bonnes Sorcières. Celles qui habitent à l'Est et à l'Ouest sont vraiment de Méchantes Sorcières ; mais, maintenant que vous en avez tué une, il ne reste plus qu'une Méchante Sorcière dans tout le pays d'Oz – celle qui vit à l'Ouest.

— Mais, dit Dorothée après un moment de réflexion, tante Em m'a dit que les sorcières étaient toutes mortes – il y a des années et des années.

« *Je suis la Sorcière du Nord.* »

— Qui est tante Em ? questionna la vieille femme.

— C'est ma tante, elle vit au Kansas, le pays d'où je viens.

La Sorcière du Nord sembla réfléchir un instant, la tête penchée et les yeux baissés vers le sol. Puis elle leva les yeux et dit :

— Je ne sais pas où se trouve le Kansas, car je n'ai encore jamais entendu parler de ce pays. Mais, dites-moi, est-ce que c'est un pays civilisé ?

— Oh ! oui, répliqua Dorothée.

— Alors tout s'explique. Dans les pays civilisés, je crois bien qu'il ne reste plus de sorcières, ni de magiciens, ni d'enchanteresses ni d'enchanteurs. Par contre, voyez-vous, le pays d'Oz n'a jamais été civilisé, car nous sommes coupés du reste du monde. C'est pourquoi il existe encore des sorcières et des magiciens parmi nous.

— Quels sont les magiciens ? demanda Dorothée.

— Oz seul est le grand magicien, répondit la sorcière dans un chuchotement. Il a plus de pouvoirs que nous tous réunis. Il vit dans la Cité d'Émeraude.

Dorothée allait poser une autre question, mais à ce moment précis, les Muntchkinz, qui jusque-là avaient gardé le silence, poussèrent un grand cri en montrant du doigt le coin de la maison où gisait la Méchante Sorcière.

— Que se passe-t-il ? demanda la vieille femme.

Puis elle regarda et se mit à rire ; les pieds de la sorcière morte avaient complètement disparu et il ne restait que les souliers d'argent.

— Elle était si vieille, expliqua la Sorcière du Nord, qu'en un clin d'œil elle s'est évaporée au soleil. Mais les souliers d'argent sont à vous et vous devez les porter.

Elle se baissa pour ramasser les souliers et les tendit à Dorothée, après en avoir secoué la poussière.

— La Sorcière de l'Est était fière de ces souliers d'argent, dit l'un des Muntchkinz, car ils détiennent un charme, mais nous avons toujours ignoré lequel.

Dorothée emporta les souliers dans la maison. Puis elle ressortit et s'adressa aux Muntchkinz :

— J'ai hâte de rentrer chez ma tante et mon oncle, car ils vont se faire du souci pour moi. Pouvez-vous m'aider à retrouver mon chemin ?

Les Muntchkinz et la sorcière se regardèrent, regardèrent Dorothée, et secouèrent la tête.

— À l'Est, tout près d'ici, dit l'un d'eux, s'étend un désert, si grand qu'on n'a jamais pu le traverser.

— C'est la même chose au Sud, dit un autre, le Sud est le pays des Kouadlingz.

— Je me suis laissé dire, ajouta le troisième, que c'est pareil à l'Ouest. Ce pays-là, où vivent les Ouinkiz, est gouverné par la Méchante Sorcière de l'Ouest.

— Le Nord est mon pays, dit la vieille femme, et il est bordé lui aussi par le grand désert qui entoure le pays d'Oz. Mon enfant, il vous faudra rester avec nous, je le crains.

À cette nouvelle, Dorothée éclata en sanglots. Ses larmes durent affliger le cœur tendre des Muntchkinz, car aussitôt ils se mirent à pleurer, eux aussi. Quant à la vieille femme, elle enleva son chapeau et en fit tourner la pointe sur le bout de son nez, en comptant : « Un, deux, trois », d'une voix solennelle. En un instant, le chapeau se changea en une ardoise, sur laquelle on put lire en gros caractères écrits à la craie blanche :

QUE DOROTHÉE AILLE
À LA CITÉ D'ÉMERAUDE.

La vieille femme enleva l'ardoise de son nez et demanda :

— Est-ce vous Dorothée, mon enfant ?

— Oui, répondit la fillette en levant les yeux et séchant ses larmes.

— Dans ce cas, vous devez vous rendre à la Cité d'Émeraude. Peut-être qu'Oz vous aidera.

— Où est cette cité ? demanda Dorothée.

— Elle est située exactement au centre du pays et c'est Oz, le grand magicien dont je vous ai parlé, qui en est le maître.

— Comment puis-je me rendre chez lui ?

— Vous devez y aller à pied. C'est un long voyage à travers un pays tantôt agréable, tantôt sombre et terrible. Toutefois, j'userai de toute ma science magique pour qu'il ne vous arrive rien de mal.

— Vous ne voulez pas m'accompagner ? plaida la fillette.

— Non, cela m'est impossible, répliqua-t-elle, mais je vais vous donner mon baiser, et personne n'osera nuire à qui a reçu le baiser de la Sorcière du Nord.

Elle s'approcha de Dorothée et lui posa un doux baiser sur le front. Ses lèvres, en touchant la fillette, laissèrent une marque ronde et brillante.

— La route qui mène à la Cité d'Émeraude est pavée de briques jaunes, dit la sorcière ; vous ne pouvez donc pas vous tromper. Quand vous arriverez devant Oz, racontez-lui votre histoire et demandez-lui son aide. Adieu, ma chère enfant.

Les trois Muntchkinz lui firent un profond salut et lui souhaitèrent un agréable voyage, puis s'enfoncèrent derrière les arbres. La sorcière fit à Dorothée un petit signe de tête amical, pirouetta trois fois sur son talon gauche et disparut sur-le-champ, laissant le petit Toto médusé. Mais Dorothée n'éprouva pas la moindre surprise ; c'était une sorcière, il était donc normal qu'elle disparût de cette façon-là.

Chapitre 3

Comment Dorothée sauva l'Épouvantail

Quand Dorothée se retrouva seule, elle commença à ressentir la faim. Elle alla donc au buffet et se prépara une tartine de pain beurrée. Elle en donna un morceau à Toto, après quoi elle commença ses préparatifs pour le voyage vers la Cité d'Émeraude.

Dorothée n'avait qu'une robe de rechange ; par chance, celle-ci était propre. Elle était à carreaux bleus et blancs. La fillette fit une grande toilette, passa la robe et noua sur sa tête son béguin rose. Elle prit un petit panier qu'elle remplit du pain du buffet et le recouvrit d'un torchon bleu. Puis elle regarda ses pieds : ses chaussures étaient bien vieilles et bien usées.

— Jamais elles ne supporteront un long voyage, Toto, dit-elle.

Au même instant, Dorothée aperçut les souliers d'argent qui avaient appartenu à la Sorcière de l'Est.

— Pourvu qu'ils m'aillent ! dit-elle à Toto. C'est juste ce qu'il faut pour faire une longue promenade, car ils doivent être inusables.

Elle enleva ses vieilles chaussures de cuir et essaya les souliers d'argent : on eût dit qu'ils avaient été faits pour elle.

— En route, Toto, dit-elle, nous partons pour la Cité d'Émeraude demander au grand Oz comment retourner au Kansas.

Et c'est ainsi qu'en compagnie de Toto, elle commença son voyage. Il y avait plusieurs routes non loin de là, mais elle eut vite fait de trouver celle qui était pavée de briques jaunes. Le soleil brillait fort, les oiseaux chantaient gentiment et notre Dorothée ne se sentait pas trop désemparée, pour une petite fille arrachée subitement à son pays et larguée au milieu d'une contrée étrangère.

Au fur et à mesure qu'elle avançait, la beauté du pays l'étonnait. De chaque côté de la route, des barrières fraîchement peintes entouraient des champs qui regorgeaient de céréales et de légumes. Parfois, lorsqu'elle passait devant une maison, les gens sortaient pour la regarder et lui faire une grande révérence ; car tous savaient que, grâce à elle, la Méchante Sorcière avait été anéantie. Les demeures des Muntchkinz avaient un aspect étrange : toutes étaient rondes, coiffées d'un gros dôme en guise de toit, et peintes en bleu, car le bleu était la couleur préférée, dans ce pays de l'Est.

Vers le soir, comme Dorothée ressentait la fatigue de sa longue promenade et commençait à se demander où elle passerait la nuit, elle arriva devant une maison un peu plus grande que les autres. De nombreux couples dansaient sur le gazon.

Les gens accueillirent Dorothée aimablement et l'invitèrent à souper et passer la nuit en leur compagnie ; il faut dire que c'était la demeure d'un des plus riches Muntchkinz de tout le pays et il avait convié ses amis pour célébrer leur délivrance du joug de la Méchante Sorcière.

Dorothée avala un copieux souper et fut servie par le riche Muntchkin en personne ; il s'appelait Boq. Puis elle s'assit sur un canapé et regarda les gens danser.

Boq remarqua ses souliers d'argent.

— Vous devez être une grande enchanteresse, dit-il.

— Pourquoi ? demanda la fillette.

— Parce que vous portez des souliers d'argent et que vous avez tué la Méchante Sorcière.

« Vous devez être une grande enchanteresse. »

Ce n'est pas tout : votre robe a des carreaux blancs ; or, seules les sorcières et les enchanteresses portent du blanc.

— Ma robe a aussi des carreaux bleus, dit Dorothée en défroissant sa robe.

— C'est gentil à vous de porter ça, dit Boq. Le bleu est la couleur des Muntchkinz et le blanc, celle des sorcières : c'est la preuve pour nous que vous êtes une sorcière amie.

Quand elle fut lasse de regarder les danseurs, Boq la fit entrer chez lui et lui donna une chambre avec un joli petit lit. Les draps étaient de toile bleue et Dorothée y dormit jusqu'au matin d'un profond sommeil, avec Toto roulé en boule sur le tapis bleu, à côté d'elle.

Elle avala un copieux déjeuner et remarqua un amour de bébé muntchkin qui jouait avec Toto, lui tirant la queue, poussant des cris et riant, ce qui amusait beaucoup Dorothée. Pour tout le monde, Toto était une bête curieuse, car personne n'avait jamais vu de chien auparavant.

— Est-ce loin, la Cité d'Émeraude ? fit-elle.

— Je ne sais pas, répondit Boq gravement, car je n'y suis jamais allé. Notre pays est riche et agréable ; en revanche, il vous faudra traverser des endroits inhospitaliers et dangereux.

Voilà qui inquiétait un peu Dorothée, mais seul Oz le grand pouvait l'aider à retourner au Kansas.

Elle fit ses adieux à ses amis et reprit la route de briques jaunes. Au bout de quelques lieues, elle s'arrêta pour se reposer. Un grand champ de blé s'étendait de l'autre côté de la clôture ; non loin de là, elle aperçut un épouvantail, qu'on avait perché au bout d'un pieu pour éloigner les oiseaux du blé mûr.

Le menton dans la main, Dorothée examinait pensivement l'épouvantail. Un petit sac bourré de paille lui servait de tête, sur lequel on avait peint des yeux, un nez, une bouche, pour lui faire un visage. Un vieux chapeau pointu et bleu, ayant appartenu à quelque Muntchkin, était juché sur son crâne ; le reste du personnage consistait en un costume usé, d'un bleu délavé, et pareillement empaillé. Un pieu piqué dans son dos maintenait ce mannequin au-dessus des épis.

Comme Dorothée dévisageait gravement l'étrange face peinte de l'épouvantail, elle eut la surprise de le voir cligner lentement de l'œil dans sa direction. Tout d'abord, elle crut s'être trompée : au Kansas aucun épouvantail ne cligne de l'œil ; mais voilà que le mannequin lui adressait un signe amical de la tête. Elle s'approcha, tandis que Toto courait autour du pieu en aboyant.

— Bonne journée, dit l'Épouvantail d'une voix plutôt enrouée.

— Vous avez parlé ? demanda la fillette, très étonnée.

— Sans doute, répondit l'Épouvantail. Comment allez-vous ?

— Assez bien, merci, répliqua poliment Dorothée. Et vous ?

— Ça ne va pas fort, dit l'Épouvantail en souriant, car c'est bien ennuyeux d'être là, perché nuit et jour, à effrayer les corbeaux.

— Vous ne pouvez pas descendre ?

— Non, ce pieu est enfoncé dans mon dos. Si vous vouliez bien me l'ôter, je vous en serais très reconnaissant.

Dorothée se hissa jusqu'aux deux bras et enleva le mannequin, qui, bourré de paille, ne pesait pas lourd.

— Merci beaucoup, dit l'Épouvantail, une fois posé à terre. Je me sens un autre homme.

Dorothée était très intriguée ; un homme en paille qui parlait, cela lui paraissait plutôt bizarre.

— Qui êtes-vous ? demanda l'Épouvantail en bâillant, après s'être étiré. Et où allez-vous ?

— Mon nom est Dorothée, dit la fillette, et je me rends à la Cité d'Émeraude pour demander à Oz le grand de me renvoyer au Kansas.

— Où est la Cité d'Émeraude ? questionna-t-il. Et qui est Oz ?

— Comment, vous ne savez pas ? répliqua-t-elle, surprise.

— Bien sûr que non, je ne sais rien du tout. Voyez-vous, je suis empaillé. Je n'ai donc pas de cervelle, répondit-il tristement.

— Oh ! dit Dorothée, j'en suis navrée pour vous.

— Pensez-vous, demanda-t-il, que si j'allais avec vous à la Cité d'Émeraude, Oz me donnerait un peu de cervelle ?

— Je ne peux pas vous l'assurer, fit-elle, mais vous pouvez toujours m'accompagner. Si Oz refuse de vous donner de la cervelle, vous n'en serez pas plus mal pour autant.

— C'est juste, dit l'Épouvantail. Voyez-vous, ajouta-t-il sur le ton de la confidence, ça ne me dérange pas d'avoir les jambes, les bras et le corps empaillés, au contraire : on ne risque pas de me faire du mal. Mais je ne veux pas qu'on me traite de sot, et si ma tête, au lieu d'avoir une cervelle comme la vôtre, reste bourrée de paille, comment apprendrai-je jamais quelque chose ?

— Je vous comprends, dit la petite fille. Si vous voulez venir avec moi, je demanderai à Oz de faire pour vous tout ce qui sera en son pouvoir.

— Merci, répondit-il avec reconnaissance.

Ils regagnèrent la route et prirent le chemin de briques jaunes qui menait à la Cité d'Émeraude.

Toto, au début, n'apprécia guère le nouveau venu. Il grognait en le reniflant.

— Ne faites pas attention à Toto, dit Dorothée à son nouvel ami, il ne mord jamais.

— Oh ! je n'ai pas peur, répliqua l'Épouvantail, il ne peut pas faire de mal à ma paille. Je vais vous confier un secret, ajouta-t-il, tout en marchant ; il n'y a qu'une chose au monde qui me fasse peur.

— Qu'est-ce que c'est ? demanda Dorothée. Le fermier muntchkin qui vous a fabriqué ?

— Non, répondit l'Épouvantail, c'est une allumette enflammée.

Chapitre 4

À travers la forêt

Au bout de quelques heures, la marche se fit plus difficile ; en effet, les briques jaunes, tantôt cassées, tantôt manquantes, avaient laissé des trous. Les fermes n'étaient plus aussi bien tenues. Les maisons et les arbres fruitiers se faisaient rares, et plus ils avançaient, plus cette contrée devenait lugubre et déserte.

À midi, ils s'assirent au bord de la route près d'un petit ruisseau ; Dorothée ouvrit son panier et en sortit un peu de pain. Elle en offrit un morceau à l'Épouvantail, mais il le refusa.

— Je n'ai jamais faim, dit-il, car ma bouche est seulement peinte.

Dorothée vit tout de suite que c'était vrai ; elle se contenta donc d'acquiescer d'un signe de tête et continua à manger son pain.

— Vous me racontez une histoire, pendant qu'on se repose un peu ? demanda l'enfant.

L'Épouvantail lui lança un regard plein de reproche et répondit :

— Ma vie a été si courte que je ne sais vraiment rien. J'ai été fabriqué pas plus tard qu'avant-hier. J'ignore totalement ce qui est arrivé dans le monde avant moi. Par chance, quand le fermier a fabriqué ma tête, il a commencé par peindre mes oreilles et j'ai pu suivre ce qui se passait. Il y avait avec lui un autre Muntchkin, et la première chose que j'aie entendue, ce fut le fermier qui lui disait : « Ce gaillard

« J'ai été fabriqué pas plus tard qu'avant-hier. »

aura vite fait d'effrayer les corbeaux, on jurerait un homme. » « Mais c'est un homme », dit l'autre. J'étais tout à fait d'accord avec lui. Le fermier m'emporta sous son bras jusqu'au champ de blé et m'installa sur un grand pieu, à l'endroit où vous m'avez trouvé. Il s'en alla aussitôt après avec son ami ; j'essayai de leur courir après, malheureusement, mes pieds ne touchaient pas le sol et je fus obligé de rester tout seul sur mon pieu. C'était un bien triste sort. Corbeaux et oiseaux venaient en bandes dans le champ de blé, mais s'enfuyaient à ma vue en me prenant pour un Muntchkin. À plusieurs reprises, un vieux corbeau passa près de moi ; m'ayant examiné sur toutes les coutures, il finit par se percher sur mon épaule en me disant : « Si ce fermier croit me tromper, il s'y prend comme un balai. N'importe quel corbeau de bon sens verrait bien que tu n'es qu'un mannequin bourré de paille. » Puis il sauta à mes pieds et picora tout son soûl. Voyant que je ne lui faisais aucun mal, les autres oiseaux vinrent à leur tour se gorger de blé, si bien qu'en peu de temps, je fus entouré de leurs nuées. J'en fus attristé ; mais le vieux corbeau me consola : « Si seulement tu avais un peu de cervelle dans la tête, tu vaudrais bien les autres hommes, et peut-être mieux que certains d'entre eux. La cervelle est le seul bien digne de ce nom, en ce monde, que l'on soit homme ou corbeau. » Puis les corbeaux s'envolèrent ; je réfléchis alors à la question, et résolus de me procurer de la cervelle par tous les moyens. Par bonheur, vous êtes passée par là et m'avez arraché à mon pieu : d'après ce que vous dites, Oz le grand me donnera certainement de la cervelle dès notre arrivée à la Cité d'Émeraude.

— Je le souhaite, dit Dorothée, vous semblez en mourir d'envie.

— À qui le dites-vous ! répliqua l'Épouvantail. C'est tellement désagréable de savoir qu'on est un sot.

— Eh bien ! dit la fillette, partons.

Et elle tendit le panier à l'Épouvantail.

Il n'y avait plus de barrières au bord de la route à présent, et le pays était rude et inculte. En fin d'après-midi, ils atteignirent une grande forêt. Il faisait très sombre, car les branches empêchaient le jour de percer ; mais nos voyageurs persévérèrent et s'enfoncèrent dans la forêt.

— Si cette route y entre, elle doit aussi en sortir, dit l'Épouvantail, et comme la Cité d'Émeraude se trouve à l'autre extrémité, nous devons la suivre jusqu'au bout.

Au bout d'une heure environ, la lumière fit place à la nuit, et ils se retrouvèrent trébuchant dans l'obscurité. Si Dorothée n'y voyait rien du tout, ce n'était pas le cas de Toto ni de l'Épouvantail, qui affirmait y voir comme en plein jour.

— Si vous apercevez une maison ou un quelconque endroit où nous pourrions passer la nuit, dit-elle, dites-le-moi.

L'Épouvantail ne tarda pas à s'arrêter.

— J'aperçois une petite chaumière sur notre droite, dit-il, faite de rondins et de branches. On y va ?

— Oh, oui ! répondit l'enfant. Je n'en peux plus.

L'Épouvantail lui fraya donc un chemin à travers les arbres jusqu'à la chaumière ; en entrant, Dorothée remarqua un lit de feuilles séchées dans un coin. Elle s'allongea aussitôt et, avec Toto à ses côtés, sombra dans un profond sommeil. Quant à l'Épouvantail, insensible à la fatigue, il resta debout dans l'autre coin et attendit patiemment jusqu'au matin.

Chapitre 5

La délivrance du Bûcheron-en-fer-blanc

Quand Dorothée se réveilla, le soleil brillait à travers les arbres. L'Épouvantail était toujours là, debout, qui l'attendait patiemment dans son coin.

— Nous devons aller chercher de l'eau, lui dit-elle.

Après avoir quitté la chaumière, ils marchèrent au milieu des arbres et arrivèrent jusqu'à une petite source d'eau claire ; Dorothée s'y désaltéra, se baigna et avala son déjeuner. Après avoir déjeuné, elle s'apprêtait à regagner la route pavée de briques jaunes, quand un gémissement profond, non loin de là, la fit sursauter.

— Qu'est-ce que je viens d'entendre ? demanda-t-elle timidement.

— Je n'en ai pas la moindre idée, répliqua l'Épouvantail, mais on peut toujours aller voir.

Au même moment parvint à leurs oreilles un autre gémissement, qui semblait venir de derrière eux. Dorothée remarqua alors dans un rayon de soleil quelque chose qui brillait entre les arbres. Elle courut dans cette direction et s'arrêta net en poussant un cri de surprise.

L'un des gros arbres était à moitié coupé et, juste à côté, tenant une hache en l'air, se trouvait un homme entièrement fait de fer-blanc. Sa tête, ses bras et ses jambes étaient fixés à son corps par des articulations, mais il restait parfaitement immobile.

— Vous avez gémi ? demanda Dorothée.

— Oui, répondit l'homme. Vous avez bien entendu. Voilà plus d'un an que je gémis, et personne jusqu'ici ne m'a entendu.

— Est-ce que je peux vous aider ? s'enquit-elle doucement, émue par la voix triste de l'homme.

— Allez chercher un bidon d'huile et huilez mes articulations, répondit-il. Je ne peux faire aucun mouvement, tellement elles sont rouillées. Vous en trouverez un sur une étagère, dans la chaumière.

Aussitôt, Dorothée retourna à la chaumière en courant et trouva le bidon d'huile ; puis elle revint et demanda, inquiète :

— Où sont vos articulations ?

— Huilez-moi d'abord le cou, répliqua le Bûcheron-en-fer-blanc.

Dorothée s'exécuta.

— Huilez maintenant les jointures de mes bras, dit-il.

Dorothée les huila, et l'Épouvantail les replia doucement jusqu'à ce qu'ils soient entièrement débarrassés de leur rouille et remis à neuf.

Le Bûcheron-en-fer-blanc poussa un soupir de satisfaction. Puis il baissa sa hache et l'appuya contre l'arbre.

— Je me sens beaucoup mieux, dit-il, je tiens cette hache en l'air depuis que j'ai commencé à rouiller, et je suis heureux de pouvoir enfin la poser. Si vous voulez bien maintenant huiler les articulations de mes jambes, ce sera parfait.

Ils huilèrent donc ses jambes jusqu'à ce qu'il puisse les remuer à sa guise.

— J'aurais fini mes jours dans cette position si vous n'étiez pas passés, dit-il ; vous m'avez donc certainement sauvé la vie. Par quel hasard êtes-vous venus jusqu'ici ?

— Nous nous rendons à la Cité d'Émeraude pour rencontrer Oz le grand, répondit Doro-

« Je me sens beaucoup mieux », dit le Bûcheron-en-fer-blanc.

thée, et nous avons fait une halte à votre chaumière pour y passer la nuit.

— Pourquoi devez-vous voir Oz ? demanda-t-il.

— Je veux qu'il me ramène au Kansas ; quant à l'Épouvantail, son désir, c'est d'obtenir, grâce à Oz, un peu de cervelle dans la tête, répliqua-t-elle.

Le Bûcheron-en-fer-blanc sembla un instant perdu dans ses réflexions. Puis il dit :

— À votre avis, Oz pourrait-il me donner un cœur ?

— Moi, je pense que oui, répondit Dorothée. S'il peut donner de la cervelle à l'Épouvantail, il pourra aussi facilement vous donner un cœur.

— Très juste, répliqua le Bûcheron-en-fer-blanc. Si donc vous me permettez de me joindre à votre groupe, moi aussi, je vais aller à la Cité d'Émeraude et demander à Oz de m'aider.

— Vous êtes le bienvenu parmi nous, dit aimablement l'Épouvantail.

Et Dorothée ajouta qu'elle serait ravie d'avoir sa compagnie. Le Bûcheron-en-fer-blanc mit donc sa hache sur son épaule et ils traversèrent tous ensemble la forêt pour retrouver la route pavée de briques jaunes.

Le Bûcheron-en-fer-blanc avait demandé à Dorothée de mettre le bidon d'huile dans son panier.

— Car, dit-il, si la pluie me surprend et que je rouille encore, j'en aurai bien besoin.

Dorothée, en marchant, réfléchissait tellement qu'elle ne remarqua pas que l'Épouvantail était tombé dans un trou et avait roulé jusqu'au bord du chemin. Il fut obligé d'appeler la fillette à son secours.

— Pourquoi n'avez-vous pas contourné le trou ? demanda le Bûcheron-en-fer-blanc.

— Je ne réfléchis pas assez, répliqua joyeusement l'Épouvantail. J'ai la tête bourrée de paille.

— Oh ! je vois, dit le Bûcheron-en-fer-blanc. Mais, après tout, la cervelle n'est pas le bien le plus précieux du monde.

— En avez-vous ? questionna l'Épouvantail.

— Non, j'ai la tête entièrement vide, répondit le Bûcheron ; mais j'ai eu jadis de la cervelle et aussi un cœur ; c'est pourquoi, après avoir essayé les deux, je préfère de beaucoup avoir un cœur.

— Pourquoi cela ? demanda l'Épouvantail.

— Je vais vous raconter mon histoire, et alors vous comprendrez.

Pendant qu'ils cheminaient à travers la forêt, le Bûcheron-en-fer-blanc raconta donc l'histoire suivante :

— Je suis le fils d'un bûcheron qui abattait des arbres dans la forêt et vendait du bois pour vivre. En grandissant, j'ai appris moi aussi le même métier et, à la mort de mon père, je me suis occupé de ma vieille mère jusqu'à la fin de sa vie. Puis je décidai de me marier, car je ne voulais pas rester seul. Il y avait parmi les jeunes Muntchkinz une fille très belle ; très vite, je me mis à l'aimer de tout mon cœur. Mais cette fille vivait avec une vieille femme, et celle-ci ne voulait pas entendre parler mariage ; elle était tellement paresseuse qu'elle voulait que la fille reste chez elle pour lui faire la cuisine et le ménage. La vieille femme alla donc trouver la Méchante Sorcière de l'Est et lui promit deux moutons et une vache si elle empêchait le mariage. Alors, la Méchante Sorcière jeta un sort à ma hache et, un jour que je travaillais avec ardeur tant j'avais hâte d'avoir ma nouvelle maison et ma femme, la hache glissa soudain et me coupa la jambe gauche. J'eus d'abord l'impression d'un grand malheur, car un homme qui n'a qu'une jambe ne peut pas faire un bon bûcheron. J'allai donc trouver un ferblantier et lui demandai de me fabriquer une jambe en fer-blanc. La jambe fonctionnait très bien, une fois que j'y fus habitué ; mais ce remède courrouça la Méchante Sorcière de l'Est. Je me remis à couper les arbres, et de nouveau, ma hache glissa et me coupa la jambe droite. Par la suite, la hache ensorcelée me coupa les bras l'un après l'autre, mais je ne me laissai pas décourager et les fis remplacer par des bras en fer-blanc. Alors la Méchante Sorcière fit glisser ma hache, qui me coupa la tête, et je crus bien ma dernière heure arrivée. Mais le ferblantier se trouvait à passer par là et il me fit une nouvelle tête en fer-blanc. Je croyais alors avoir triomphé de la Méchante Sorcière et je travaillais plus fort que jamais ; mais j'ignorais à quel point mon ennemie était cruelle. Elle imagina un nouveau stratagème pour tuer mon amour pour la jeune et belle Muntchkin : derechef, ma hache glissa, me traversa le corps et me coupa en deux. Cette fois encore, le ferblantier vint à mon secours et me fabriqua un corps en fer-blanc. Mais hélas ! je n'avais plus de cœur et c'est ainsi que je perdis tout mon amour pour la jeune Muntchkin ; cela m'était devenu bien égal de l'épouser ou non. Elle doit encore habiter chez la vieille femme, avec l'espoir que je revienne la chercher. J'étais très fier de mon corps, tellement il brillait au soleil, et cela n'avait pas d'importance à présent si ma hache glissait, car elle ne pouvait plus me couper. Le seul danger était que mes articulations se rouillent ; mais je gardai un bidon d'huile dans ma chaumière. Un jour, pourtant, j'oubliai de les huiler et, au beau milieu d'un orage, avant que j'aie eu le temps de penser au danger, mes jointures avaient rouillé, et je restai planté dans les bois. Ce fut une épreuve terrible, mais, depuis un an que je suis ici, j'ai compris que ma vraie perte avait été celle de mon cœur. Quand j'étais amoureux, j'étais l'homme le plus heureux du monde ; mais personne ne peut aimer s'il n'a un cœur ; c'est pourquoi je suis décidé à demander à Oz de m'en donner un. S'il accepte, j'irai retrouver la jeune Muntchkin pour l'épouser.

Dorothée et l'Épouvantail avaient été tous les deux vivement intéressés par l'histoire du Bûcheron-en-fer-blanc, et ils comprenaient maintenant pourquoi il avait tellement hâte de se procurer un nouveau cœur.

Chapitre 6

Le Lion poltron

Dorothée et ses compagnons avaient cheminé à travers les bosquets touffus. La route était toujours pavée de briques jaunes, mais elles disparaissaient sous les branches cassées et les feuilles mortes, ce qui rendait la marche pénible.

— Combien de temps allons-nous mettre, demanda la fillette au Bûcheron-en-fer-blanc, pour sortir de la forêt ?

— Je n'en ai aucune idée, s'entendit-elle répondre, c'est la première fois que je vais à la Cité d'Émeraude.

Comme il prononçait ces mots, la forêt retentit d'un formidable rugissement et l'instant d'après, un lion bondissait sur la route. D'un coup de patte, il fit valser l'Épouvantail, qui retomba de l'autre côté du chemin, puis il donna au Bûcheron-en-fer-blanc un coup de ses griffes acérées. Le Bûcheron se retrouva par terre et resta étendu, immobile, mais à la grande surprise du Lion, le fer-blanc portait à peine une éraflure.

Quant au petit Toto, maintenant que l'ennemi était là, il courut vers le Lion en aboyant ; la grosse bête s'apprêtait à le mordre, quand Dorothée se précipita et, de toutes ses forces, donna une tape sur le museau du Lion, en s'écriant :

— Vous osez mordre Toto ! Vous devriez avoir honte, une grosse bête comme vous, de mordre un pauvre petit chien !

— Je ne l'ai pas mordu, dit le Lion en se frottant le museau avec sa patte, là où Dorothée l'avait tapé.

— Non, mais vous avez essayé, répliqua-t-elle. Vous n'êtes qu'un gros poltron.

— Je sais, dit le Lion en baissant la tête d'un air penaud, vous ne m'apprenez rien. Mais qu'y puis-je ?

— Comment voulez-vous que je le sache ? Quand je pense que vous avez frappé un homme empaillé comme le pauvre Épouvantail !

— Il est empaillé ? demanda le Lion, tout surpris.

— Bien sûr qu'il est empaillé, rétorqua Dorothée, encore sous le coup de la colère.

— Je comprends maintenant pourquoi il a roulé si facilement. Et l'autre, il est empaillé aussi ?

— Non, dit Dorothée, il est en fer-blanc.

— Voilà pourquoi j'ai failli me casser les griffes, dit le Lion. Et ce petit animal que vous aimez si tendrement, qui est-ce ?

— C'est Toto, mon chien, répondit Dorothée.

— Est-il en fer-blanc ou empaillé ? demanda le Lion.

— Ni l'un ni l'autre. C'est un chien... euh... en chair, dit la fillette.

— Oh ! quel curieux animal ; il me semble remarquablement petit. Il faut être un poltron comme moi, pour oser s'attaquer à une si petite créature.

— Pourquoi êtes-vous un poltron ? s'étonna Dorothée en examinant la grosse bête, qui avait bien la taille d'un petit cheval.

— C'est un mystère, répliqua le Lion. J'ai dû naître ainsi. J'ai toujours eu horriblement peur en présence des hommes ; mais il suffit que je rugisse pour qu'ils s'enfuient à toutes jambes. Si les éléphants, les tigres et les ours avaient essayé de m'attaquer, c'est moi qui me serais sauvé, tellement je suis poltron ; mais, au moindre de mes rugissements, ils décampent tous, et naturellement, je ne les retiens pas.

— Cela n'est pas bien du tout. Le roi des animaux ne devrait pas être un poltron, dit l'Épouvantail.

— Je sais, répliqua le Lion en essuyant du bout de sa queue une larme qui perlait. C'est le drame de ma vie, et j'en suis très malheureux. Mais au moindre danger, mon cœur se met à battre très fort.

— Peut-être avez-vous une maladie de cœur, dit le Bûcheron-en-fer-blanc, vous devriez vous réjouir, car cela prouve que vous avez un cœur. Je n'en ai pas, moi ; je ne peux donc pas avoir de maladie de cœur.

— Si je n'avais pas de cœur, réfléchit le Lion, je ne serais peut-être pas un poltron.

— Avez-vous de la cervelle ? demanda l'Épouvantail.

— Je l'espère, répliqua le Lion.

— Je vais voir Oz le grand pour lui demander de m'en donner, fit remarquer l'Épouvantail, car ma tête est bourrée de paille.

— Et moi, je vais lui demander de me donner un cœur, dit le Bûcheron.

— Et moi, je vais lui demander de me renvoyer avec Toto au Kansas, ajouta Dorothée.

— À votre avis, Oz pourrait-il me donner du courage ? demanda le Lion poltron.

— Pourquoi pas, s'il peut me donner de la cervelle, dit l'Épouvantail.

— Ou me donner un cœur, dit le Bûcheron-en-fer-blanc.

— Ou me renvoyer au Kansas, dit Dorothée.

— Dans ce cas, si vous n'y voyez pas d'inconvénient, je vais vous accompagner, dit le Lion, car ma vie est tout simplement insupportable sans un peu de courage.

— Vous êtes vraiment le bienvenu, répondit Dorothée, car vous allez nous protéger des autres bêtes sauvages.

Une fois de plus, notre petit groupe se remit en route. La journée passa sans qu'une autre aventure vînt troubler la paix de leur voyage.

Chapitre 7

En route vers la Cité d'Émeraude

Cette nuit-là, il leur fallut dormir à la belle étoile sous un grand arbre dans la forêt, car il n'y avait point de maisons aux alentours. L'arbre formait un toit touffu qui les protégeait contre la rosée ; le Bûcheron-en-fer-blanc coupa un gros tas de bois et Dorothée alluma un feu magnifique qui lui réchauffa aussi le cœur. Bien au chaud, elle dormit d'un profond sommeil jusqu'au matin.

Quand il fit jour, la fillette fit sa toilette dans l'onde ridée d'un petit ruisseau, et bientôt, tout le monde se mit en route en direction de la Cité d'Émeraude.

La journée allait être mouvementée pour nos voyageurs. Au bout d'une heure de marche environ, ils aperçurent devant eux un grand fossé qui coupait la route et partageait la forêt à perte de vue.

— Qu'allons-nous faire ? demanda Dorothée, au désespoir.

— Je n'en ai pas la moindre idée, dit le Bûcheron-en-fer-blanc.

Le Lion secoua sa crinière en bataille d'un air pensif.

— J'ai l'impression que je peux sauter par-dessus, dit le Lion poltron après avoir bien mesuré la largeur du regard.

— Nous voilà sauvés, répondit l'Épouvantail, vous pouvez nous porter tous sur votre dos, à tour de rôle.

— Je peux toujours essayer, dit le Lion. Qui veut commencer ?

— Moi, dit l'Épouvantail : si par hasard, vous n'arriviez pas à franchir ce gouffre, Dorothée serait tuée ou le Bûcheron-en-fer-blanc irait se fracasser sur les rochers. Mais avec moi, cela n'a pas d'importance, car si je tombe, je ne risque pas de me faire mal.

— Quant à moi, j'ai terriblement peur de tomber, dit le Lion poltron, mais la seule chose à faire à mon avis, c'est d'essayer. Montez donc sur mon dos et tentons l'expérience.

L'Épouvantail s'assit sur le dos du Lion ; la grosse bête avança jusqu'au bord de l'abîme et s'accroupit. Alors, se détendant comme un ressort, il franchit les airs et atterrit sain et sauf de l'autre côté. Tous furent soulagés de voir l'aisance avec laquelle il s'en était tiré ; après avoir déposé l'Épouvantail, le Lion franchit à nouveau le fossé d'un bond.

Dorothée décida que c'était maintenant son tour ; elle prit donc Toto dans ses bras et se hissa sur le dos du Lion en s'agrippant d'une main à sa crinière. Le Lion revint une troisième fois pour chercher le Bûcheron-en-fer-blanc.

De ce bord-ci, la forêt était dense ; elle semblait sombre et sinistre. Une fois le Lion reposé, ils reprirent la route de briques jaunes. Ils entendirent bientôt des bruits étranges venant des profondeurs de la forêt, et dans un murmure, le Lion leur confia que cette partie du pays était habitée par les Kalidahs.

— Qui sont les Kalidahs ? demanda la fillette.

— Ce sont des bêtes monstrueuses avec des corps d'ours et des têtes de tigre, expliqua le Lion. J'ai horriblement peur des Kalidahs.

— Comme je vous comprends, répliqua Dorothée ; ces bêtes doivent être effrayantes.

Le Lion s'apprêtait à répondre quand soudain ils s'arrêtèrent : un autre gouffre leur coupait la route ; mais cette fois, il était trop large et trop profond, et le Lion comprit aussitôt qu'il ne pourrait pas le franchir en sautant.

Ils s'assirent donc pour chercher une solution et, après mûre réflexion, l'Épouvantail dit :

— Voici un grand arbre, là tout près du fossé. Si le Bûcheron peut l'abattre et le faire tomber de l'autre côté, il nous est possible de le franchir facilement.

— Ça, c'est une idée géniale, dit le Lion. Ma parole, c'est à croire que vous avez dans la tête de la cervelle, et non de la paille.

Le Bûcheron se mit à l'œuvre sur-le-champ ; puis le Lion s'arc-bouta contre l'arbre avec ses grosses pattes avant : alors, lentement, le grand arbre bascula et s'abattit avec fracas en travers du fossé.

Ils commençaient seulement à franchir ce pont improvisé lorsqu'un grognement hargneux leur fit lever les yeux ; comble d'horreur, accourant vers eux, ils aperçurent deux énormes bêtes aux corps d'ours et aux têtes de tigre.

— Les Kalidahs ! dit le Lion poltron en se mettant à trembler.

— Vite ! cria l'Épouvantail, traversons.

Dorothée passa donc la première, en tenant Toto dans ses bras ; puis ce fut au tour du Bûcheron, suivi bientôt de l'Épouvantail. Le Lion, malgré sa frayeur certaine, se retourna face aux Kalidahs ; il poussa un rugissement si terrible que Dorothée se mit à crier et que l'Épouvantail en tomba à la renverse ; même les monstres féroces s'arrêtèrent, pétrifiés.

Mais ils étaient plus gros que le Lion ; en outre ils étaient deux : rassurés, les Kalidahs se lancèrent à sa poursuite. Le Lion franchit le tronc, et se retourna pour voir ce qu'ils allaient faire. Sans perdre une seconde, les bêtes féroces entamaient déjà la traversée. Le Lion dit à Dorothée :

— Nous sommes perdus, ils vont sûrement nous mettre en pièces de leurs griffes acérées. Mais restez juste derrière moi, je vais lutter avec eux jusqu'à mon dernier souffle.

— J'ai une idée ! cria l'Épouvantail. J'ai bien réfléchi : voilà ce qu'il faut faire.

Il demanda au Bûcheron de trancher l'extrémité de l'arbre qui reposait de ce côté du fossé. L'homme en fer blanc passa aussitôt à l'action, et au moment où les deux Kalidahs allaient achever leur traversée, l'arbre croula au fond du gouffre dans un grand craquement, emportant avec lui ces monstres hideux qui s'écrasèrent sur les rochers.

— Eh bien ! dit le Lion poltron en poussant un long soupir de soulagement, notre dernière heure n'est pas encore arrivée.

Après cette aventure, nos voyageurs avaient plus que jamais envie de sortir de la forêt. À leur grande joie, au cours de l'après-midi, ils débouchèrent sur une large rivière aux eaux rapides. De l'autre côté de l'eau, ils apercevaient la route pavée de briques jaunes serpentant à travers un pays de belles prairies.

— Comment allons-nous franchir cette rivière ? demanda Dorothée.

— Ce n’est pas difficile, répliqua l’Épouvantail. Le Bûcheron n’a qu’à nous construire un radeau, nous pourrons ainsi flotter jusqu’à l’autre rive.

Le Bûcheron prit donc sa hache et se mit à abattre de petits arbres pour fabriquer un radeau.

Mais cela prend du temps de faire un radeau, même quand on est un Bûcheron laborieux et infatigable, et quand la nuit vint, l’ouvrage n’était pas terminé. Ils cherchèrent donc un endroit douillet sous les arbres pour y dormir jusqu’au matin.

Chapitre 8

La prairie des pavots maléfiques

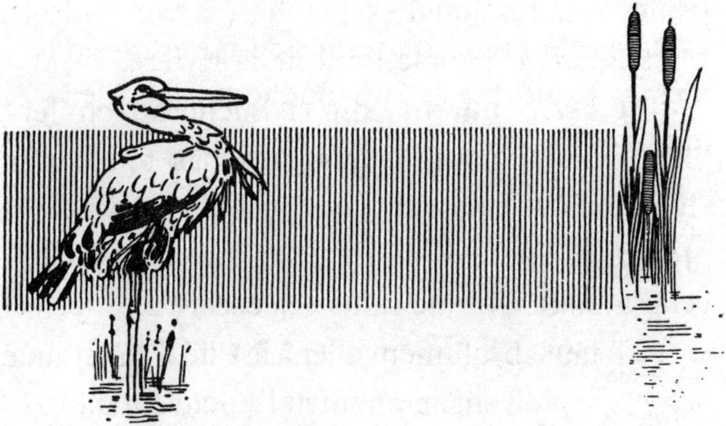

Notre petit groupe de voyageurs se réveilla le lendemain matin, ragaillardi et plein d'espoir : s'étendait maintenant, devant eux, un pays charmant et inondé de soleil.

Mais pour l'instant, la large rivière les séparait de ce beau pays. Le radeau était presque achevé ; le Bûcheron coupa encore quelques rondins, les fixa à l'aide de chevilles en bois, et ils purent repartir. Tout alla très bien au début ; mais, au beau milieu de la rivière, le courant rapide les entraîna vers l'aval, les éloignant de plus en plus de la route pavée de briques jaunes ; et les longues perches, à cet endroit, n'atteignaient plus le fond de la rivière.

— C'est ennuyeux, dit le Bûcheron-en-fer-blanc, car si nous ne pouvons pas toucher la rive, nous serons entraînés jusqu'au pays de la Méchante Sorcière de l'Ouest, qui nous ensorcellera pour faire de nous ses esclaves.

— Il faut absolument aller à la Cité d'Émeraude si nous le pouvons, poursuivit l'Épouvantail.

Il appuya si fort sur sa longue perche qu'elle resta enfoncée dans la vase, mais avant qu'il ait pu la retirer ou lâcher prise, le radeau fut emporté, et le pauvre Épouvantail resta accroché à la perche, au beau milieu de la rivière.

— Adieu ! leur cria-t-il.

L'Épouvantail était dans une fâcheuse posture. « Je suis encore plus à plaindre que lors de ma rencontre avec Dorothée, se disait-il. À quoi sert un Épouvantail perché au milieu d'une rivière ? Je n'aurai jamais de cervelle, en fin de compte. »

Le radeau continuait sa descente, et le pauvre Épouvantail était déjà loin derrière eux, quand le Lion dit :

— Il faut absolument faire quelque chose pour nous en sortir. Je crois que je suis capable de nager jusqu'à la rive en tirant le radeau.

Il bondit donc dans l'eau, et le Bûcheron-en-fer-blanc empoigna sa queue ; puis le Lion se mit à nager de toute sa force vers la berge. En dépit de sa forte taille, il devait fournir un gros effort ; mais, peu à peu, il réussit à les arracher au courant, et Dorothée prit la longue perche du Bûcheron et aida à pousser le radeau vers la terre.

Épuisés, ils atteignirent enfin la rive ; mais ils constatèrent que le courant les avait charriés loin de la route de briques jaunes qui menait à la Cité d'Émeraude.

— Et maintenant, qu'allons-nous faire ? demanda le Bûcheron-en-fer-blanc.

— Il nous faut retrouver la route coûte que coûte, dit Dorothée.

— Le meilleur moyen est de longer la rivière, fit remarquer le Lion.

Après un moment de repos, Dorothée reprit donc son panier et ils remontèrent le long de la rive herbeuse pour rejoindre la route. Au bout d'un moment, le Bûcheron-en-fer-blanc s'écria :

— Regardez !

Tous regardèrent la rivière et aperçurent l'Épouvantail juché sur sa perche au milieu de l'eau, l'air triste et abandonné.

— Que peut-on faire pour le sauver ? demanda Dorothée.

Ils s'assirent au bord de l'eau et contemplaient pensivement l'Épouvantail, lorsque vint à passer une cigogne qui, les voyant, descendit se poser près d'eux.

— Qui êtes-vous et où allez-vous ? demanda-t-elle.

— Je m'appelle Dorothée, répondit la fillette, et voici mes amis, le Bûcheron-en-fer-blanc et le Lion poltron ; nous nous rendons à la Cité d'Émeraude.

— Ce n'est pas le bon chemin, dit la cigogne en tordant son long cou pour les examiner l'un après l'autre.

— Je le sais, répliqua Dorothée, mais nous avons perdu l'Épouvantail et nous nous demandons comment le récupérer.

— Où est-il ? demanda la cigogne.

— Là-bas, dans la rivière, répondit la fillette.

— S'il n'était pas aussi gros et aussi lourd, je vous le ramènerais volontiers, fit remarquer la cigogne.

— Il est léger comme une plume, dit Dorothée avec empressement, car il est empaillé.

— Je vais toujours essayer, dit la cigogne, mais si je le trouve trop lourd, je serai obligée de le lâcher dans la rivière.

De ses grandes serres, la cigogne saisit l'Épouvantail par le bras, l'emporta dans les airs et le déposa sur la rive où Dorothée, le Lion et le Bûcheron-en-fer-blanc étaient assis.

Quand l'Épouvantail se retrouva au milieu de ses amis, de bonheur, il les serra tous dans ses bras ; et tandis qu'ils se remettaient à cheminer, notre rescapé tout joyeux chantait « Tol-de-ri-de-oh ! » à chaque pas.

Chemin faisant, ils écoutaient le chant des oiseaux au plumage rutilant et regardaient les fleurs magnifiques qui formaient un épais tapis.

On voyait de gros bourgeons jaunes, blancs, bleus et pourpres, à côté de grosses touffes de pavots écarlates, dont les couleurs éclatantes éblouissaient les yeux de Dorothée.

— Que c'est beau ! s'exclama la fillette en humant le parfum enivrant des fleurs.

— Vous avez sans doute raison, ajouta l'Épouvantail. Quand j'aurai de la cervelle, je les aimerai probablement davantage.

La cigogne l'emporta dans les airs.

— Si seulement j'avais un cœur, je les adorerais, précisa le Bûcheron-en-fer-blanc.

— J'ai toujours beaucoup aimé les fleurs, dit le Lion.

À mesure qu'ils avançaient, les gros pavots écarlates devenaient de plus en plus nombreux. Or, c'est bien connu, lorsque ces fleurs sont nombreuses, elles dégagent une senteur si puissante qu'il suffit de la respirer pour s'endormir, et si l'on n'éloigne pas le dormeur, il ne se réveillera jamais plus. Dorothée ignorait cela : bientôt ses paupières s'alourdirent, et elle eut envie de s'asseoir et de dormir.

Mais le Bûcheron-en-fer-blanc ne la laissa pas faire.

— Nous devons nous dépêcher de rejoindre la route de briques jaunes avant la nuit, dit-il.

L'Épouvantail était du même avis. Ils continuèrent donc à cheminer jusqu'à ce que Dorothée n'en puisse plus. Elle ne savait plus où elle était et finit par s'endormir au milieu des pavots.

— Qu'allons-nous faire ? demanda le Bûcheron-en-fer-blanc.

— Si nous la laissons là, elle va mourir, dit le Lion. L'odeur de ces fleurs est en train de nous tuer tous. J'arrive à peine moi-même à maintenir mes yeux ouverts, et le chien est déjà endormi.

En effet, Toto était tombé à côté de sa petite maîtresse. Mais l'odeur des fleurs ne gênait pas l'Épouvantail ni le Bûcheron-en-fer-blanc, puisqu'ils n'étaient pas faits de chair.

— Courez vite, dit l'Épouvantail au Lion, et éloignez-vous dès maintenant de ces fleurs dangereuses. Nous nous chargerons de la petite fille.

Le Lion se releva donc et bondit aussi vite qu'il put. Il disparut en un instant.

— Faisons une chaise de nos mains pour la porter, dit l'Épouvantail au Bûcheron.

Ils ramassèrent Toto et le mirent sur les genoux de Dorothée ; ils firent ensuite la chaise, leurs mains servant de siège et leurs bras d'accoudoirs. Ils cheminèrent longtemps, longtemps ; le grand tapis de ces fleurs maléfiques semblait ne devoir jamais finir. Ils suivirent la rivière et tombèrent enfin sur leur ami le Lion, dormant d'un profond sommeil au milieu des pavots. L'odeur puissante des fleurs avait terrassé l'énorme bête.

— Nous ne pouvons rien pour lui, dit tristement le Bûcheron-en-fer-blanc, car il est trop lourd à soulever. Nous devons le laisser ici, endormi à jamais.

— Je suis navré, dit l'Épouvantail ; tout poltron qu'il était, le Lion était un excellent camarade. Mais poursuivons notre chemin.

Ils portèrent la fillette endormie jusqu'à un endroit charmant au bord de la rivière, assez éloigné du champ de pavots ; ils la déposèrent doucement sur le gazon, attendant que la fraîcheur de la brise la réveille.

Chapitre 9

La reine des souris des champs

– **N**ous ne devons plus être très loin de la route de briques jaunes, maintenant, fit remarquer l'Épouvantail, debout près de la fillette.

Le Bûcheron-en-fer-blanc allait répondre, lorsqu'il entendit un grognement sourd ; il tourna la tête et vit venir une étrange bête qui bondissait dans les herbes. C'était un grand chat sauvage, tout jaune ; il semblait à l'affût, les oreilles collées près de la tête. Alors qu'il approchait, le Bûcheron aperçut, fuyant devant lui, une souris grise des champs ; il avait beau être sans cœur, il trouva que c'était très cruel, de la part du chat sauvage, de s'acharner après une si jolie créature sans défense.

Il leva donc sa hache, et au moment où le chat passait en courant, lui asséna un coup qui lui trancha la tête.

Délivrée de son poursuivant, la souris des champs s'arrêta, puis trottina doucement vers le Bûcheron et lui dit d'une voix flûtée :

— Oh ! merci ! mille fois merci ! vous m'avez sauvé la vie !

— Je vous en prie, n'en parlons plus, répondit le Bûcheron. Je n'ai pas de cœur, voyez-vous, c'est pourquoi je m'efforce d'aider tous ceux qui ont besoin d'un ami, même s'il ne s'agit que d'une souris.

— Que d'une souris ! s'indigna le petit animal. Savez-vous bien à qui vous parlez ? Je suis une reine, la reine des souris des champs.

— Toutes mes excuses, fit le Bûcheron en s'inclinant très respectueusement devant elle.

On vit alors accourir, de toute la vitesse de leurs pattes, des nuées de souris qui entourèrent leur reine en s'exclamant :

— Oh ! Majesté ! comme nous avons craint pour votre vie ! Comment avez-vous réussi à échapper au grand chat sauvage ?

— C'est ce drôle de bonhomme en fer-blanc qui m'a sauvé la vie en tuant le chat sauvage, répondit la reine. Désormais, vous devrez le servir et obéir au moindre de ses désirs.

— Nous le jurons, répondirent en chœur les souris, de leurs voix flûtées.

Une grosse souris prit la parole :

— Que pourrions-nous faire pour vous remercier d'avoir sauvé notre reine ?

— Je ne vois pas, répondit le Bûcheron.

Mais l'Épouvantail, qui se creusait la tête – bien vainement puisqu'elle était bourrée de paille –, intervint :

— Mais si, bien sûr ! vous pouvez sauver notre ami le Lion poltron, qui s'est endormi dans la prairie de pavots.

— Un lion ! s'écria la petite reine. Mais il ne fera de nous qu'une bouchée !

— Que non ! dit l'Épouvantail. Ce lion n'a aucun courage. De toute façon, il ne ferait aucun mal à quelqu'un de nos amis.

— Soit, dit la reine, nous vous faisons confiance. Mais comment va-t-on s'y prendre ?

— Ces souris qui vous appellent leur reine et sont prêtes à vous obéir, sont-elles nombreuses ?

— Oh ! des milliers, répondit-elle.

— Alors rassemblez-les ici le plus vite possible, et que chacune se munisse d'un long bout de ficelle. Quant à vous, dit l'Épouvantail au Bûcheron, fabriquez-nous un chariot pour transporter le Lion.

Le Bûcheron se mit aussitôt à l'ouvrage. Il travaillait si vite et si bien que le chariot fut prêt avant que les premières souris reparaissent.

Par milliers, elles affluaient de tous côtés : des grosses, des petites, des moyennes, chacune tenant entre ses dents un morceau de ficelle. C'est alors que Dorothée, sortant de son long sommeil, rouvrit les yeux. L'Épouvantail lui expliqua tout en détail, puis se tournant vers la souris qui se campait fièrement près d'eux :

— Permettez-moi de vous présenter Sa Majesté la reine, dit-il.

Dorothée salua gravement de la tête, la reine fit une révérence ; l'instant d'après, elles étaient amies.

L'Épouvantail et le Bûcheron avaient commencé à atteler les souris au chariot, au moyen des ficelles qu'elles avaient apportées. Ils en nouaient un bout au cou de chaque souris, et l'autre au chariot. L'Épouvantail et le Bûcheron s'assirent dessus et furent ainsi conduits par cet

« Permettez-moi de vous présenter Sa Majesté la reine. »

étrange et menu équipage jusqu'au Lion endormi.

Hisser la lourde bête sur le chariot ne se fit pas sans mal. Puis la reine pressa ses sujets de repartir, craignant de les voir s'endormir s'ils restaient trop longtemps dans la prairie des pavots.

Le Bûcheron et l'Épouvantail vinrent pousser par-derrière, et l'attelage se mit à rouler. Bientôt le Lion se retrouva dans les prés verts, et put respirer à nouveau l'air frais, au lieu de l'haleine empoisonnée des pavots.

On détela les souris, qui regagnèrent en un clin d'œil leurs pénates. La reine fut la dernière à prendre congé.

— Si jamais vous avez encore besoin de nos services, dit-elle, allez dans le champ et appelez ; nous accourrons aussitôt. Adieu !

— Adieu ! répondirent-ils en chœur.

Ils s'assirent aux côtés du Lion pour guetter son réveil.

Chapitre 10

Le gardien des portes

Le Lion poltron ne se réveilla pas tout de suite ; quand, enfin, il ouvrit les yeux, il fut tout content d'être encore en vie.

— Comment m'avez-vous sorti de là ?

Ils lui parlèrent alors des souris des champs et de la façon dont elles l'avaient généreusement arraché à la mort. Le Lion poltron déclara en riant :

— J'ai toujours cru que j'étais fort et redoutable ; et pourtant d'aussi petites choses que les fleurs ont failli me tuer, et j'ai eu la vie sauve grâce à d'aussi petits êtres que les souris. Comme tout cela est étrange ! Et maintenant, mes amis, qu'allons-nous faire ?

— Nous devons poursuivre notre voyage, dit Dorothée, et retrouver la route de briques jaunes, pour atteindre la Cité d'Émeraude.

La route était bien pavée et unie à présent, et le pays alentour était beau. Ils voyaient à nouveau des barrières dressées au bord de la route ; mais, cette fois, elles étaient peintes en vert, et quand ils arrivèrent à une petite maison, habitée sans doute par un fermier, celle-ci était peinte de la même couleur. Ils passèrent devant plusieurs maisons vertes, au cours de l'après-midi, et les gens se mettaient parfois sur le seuil pour les regarder.

— Ce doit être le pays d'Oz, dit Dorothée, et nous ne sommes sûrement pas loin de la Cité d'Émeraude.

— Certes, répondit l'Épouvantail ; ici, tout est vert, tandis qu'au pays des Muntchkinz c'était le bleu, la couleur préférée.

Quand ils furent arrivés devant une ferme assez grande, Dorothée se dirigea hardiment vers l'entrée et frappa. Une femme entrebâilla la porte et dit :

— Que voulez-vous, mon enfant, et pourquoi vous promenez-vous avec ce gros lion terrible ?

— Nous aimerions passer la nuit chez vous, si vous nous le permettez, répondit Dorothée ; quant au Lion, c'est mon ami, et pour rien au monde il ne vous ferait de mal.

— Il est apprivoisé ? demanda la femme.

— Oh ! oui, dit la fillette, et c'est aussi un grand poltron : il aura plus peur de vous que vous de lui.

— Eh bien, dit la femme après avoir réfléchi, dans ce cas vous pouvez entrer. Je vais vous donner de quoi souper et un endroit où dormir.

Tous entrèrent dans la maison, où se trouvaient deux enfants et un homme. Il demanda :

— Où allez-vous tous comme cela ?

— À la Cité d'Émeraude, dit Dorothée, voir Oz le grand.

— Oh ! vraiment ? s'exclama l'homme. Êtes-vous sûr qu'Oz vous recevra ?

— Pourquoi pas ? répliqua-t-elle.

— On dit qu'il n'admet personne en sa présence.

— Comme c'est bizarre, dit Dorothée, mais nous devons essayer d'une façon ou d'une autre de le rencontrer, sinon nous aurons entrepris notre voyage pour rien.

— Pourquoi désirez-vous voir Oz le terrible ?

— Je veux qu'il me donne de la cervelle, dit l'Épouvantail, fébrile.

— Oz pourrait arranger cela assez facilement, déclara l'homme. Il a plus de cervelle qu'il ne lui en faut.

— Et moi, je veux qu'il me donne un cœur, dit le Bûcheron-en-fer-blanc.

— Cela ne saurait l'embarrasser, poursuivit l'homme, car Oz possède une grande collection de cœurs de toutes les tailles et de toutes les formes.

— Et moi je veux qu'il me donne du courage, dit le Lion poltron.

— Oz conserve un grand bocal de courage dans sa salle du trône. Il sera ravi de vous en donner.

— Et moi, je veux qu'il me renvoie au Kansas, dit Dorothée.

— Où se trouve le Kansas ? demanda l'homme d'un air surpris.

— Je ne sais pas, répondit tristement Dorothée, mais c'est mon pays, et je suis sûre que c'est quelque part.

— Oz peut tout ; il vous trouvera donc le Kansas, je suppose. Mais vous devez d'abord réussir à le voir, et ce sera difficile, car le grand magicien n'aime voir personne, et généralement, c'est lui qui décide.

La femme leur annonça que le souper était prêt ; ils s'assirent donc autour de la table. Elle prépara ensuite un lit pour Dorothée, et Toto s'allongea à côté d'elle, tandis que le Lion monta la garde à la porte de sa chambre. L'Épouvantail et le Bûcheron-en-fer-blanc restèrent debout dans un coin et se tinrent tranquilles toute la nuit, mais sans dormir, naturellement.

Le lendemain matin, dès le lever du soleil, ils reprirent la route et aperçurent bientôt dans le ciel, juste devant eux, une magnifique lumière verte.

— Ce doit être la Cité d'Émeraude, dit Dorothée.

Plus ils approchaient, plus la lumière devenait éclatante. La route pavée de briques jaunes se terminait juste à la grand-porte tout incrustée d'émeraudes. À côté de la porte, il y avait une sonnette ; Dorothée appuya sur le bouton. Alors l'énorme porte pivota lentement sur elle-même.

En face d'eux se trouvait un petit homme de la même taille que les Muntchkinz. Il était tout de vert vêtu, de la tête aux pieds. À côté de lui, il y avait une grosse boîte.

En apercevant Dorothée et ses compagnons, l'homme demanda :

— Que désirez-vous dans la Cité d'Émeraude ?

— Nous sommes venus ici pour rencontrer Oz le grand, dit Dorothée.

L'homme fut tellement surpris par la réponse qu'il dut s'asseoir pour réfléchir.

— Voilà des années qu'on ne m'a demandé à voir Oz, dit-il en secouant la tête d'un air perplexe. Il est puissant et terrible, et si l'objet de votre visite est futile ou ridicule, il peut tous vous anéantir en un instant.

— Mais l'objet de notre visite n'est ni ridicule ni futile, répliqua l'Épouvantail ; il est important ; et nous avons ouï dire qu'Oz est un bon magicien.

— Certainement, dit l'homme vert, et il gouverne la Cité d'Émeraude avec sagesse. Mais il se montre impitoyable envers ceux qui sont mal intentionnés ou trop curieux, et bien peu ont osé demander à le voir en face. Je suis le gardien des portes, et puisque vous voulez à tout prix rencontrer Oz le grand, mon devoir est de vous mener jusqu'à son palais. Mais auparavant, il vous faudra mettre des lunettes.

— Pourquoi ? demanda Dorothée.

— Parce que, si vous ne portiez pas de lunettes, vous seriez éblouis par l'éclat et la splendeur de la Cité d'Émeraude.

Il ouvrit la grosse boîte, et Dorothée vit qu'elle était remplie de lunettes de toutes les tailles et de toutes les formes. Le gardien des portes en trouva une paire exactement à la taille de Dorothée et les lui mit. Puis l'homme vert trouva des lunettes à la taille de l'Épouvantail, du Bûcheron et du Lion ; il en trouva même une paire pour Toto, et il leur donna à toutes un bon tour de clé.

Puis le gardien des portes mit ses propres lunettes et leur indiqua qu'il était prêt à leur montrer le chemin du palais.

Chapitre 11

La merveilleuse Cité d'Émeraude

Le gardien des portes les conduisit par les rues jusqu'au centre de la Cité, où se dressait un grand bâtiment, le palais d'Oz, le grand magicien. Un soldat était de faction devant la porte.

— Voici des étrangers, lui dit le gardien des portes, ils insistent pour rencontrer Oz le grand.

— Entrez, répondit le soldat, je vais lui porter votre message.

Le soldat resta longtemps absent. Quand enfin il revint, Dorothée demanda :

— Avez-vous vu Oz ?

— Oh ! non, fit le soldat, je ne l'ai jamais vu. Mais je lui ai adressé la parole comme il était assis derrière son paravent et je lui ai remis votre message. Il a déclaré qu'il vous accordera une audience si vous le désirez, mais chacun d'entre vous doit se présenter seul devant lui, et il n'acceptera d'en recevoir qu'un par jour. Par conséquent, puisqu'il vous faut rester au palais plusieurs jours, je vais vous faire conduire à vos chambres, vous pourrez vous y reposer de votre voyage.

— Merci, répondit la fillette, c'est très aimable à Oz.

Ensuite le soldat fit retentir un sifflet vert, et aussitôt une jeune fille, habillée d'une longue robe de soie verte, entra dans la pièce. Elle fit une grande révérence devant Dorothée, en disant :

— Voulez-vous bien me suivre, je vais vous montrer votre chambre.

Dorothée prit donc congé de tous ses amis, exception faite de Toto qu'elle attrapa dans ses bras, et avec la fille verte comme guide, elle enfila sept couloirs et remonta trois escaliers pour arriver à une pièce située sur le devant du palais. C'était la petite chambre la plus délicieuse du monde.

— Faites comme chez vous, dit la servante habillée de vert, et si vous désirez quoi que ce soit, sonnez. Oz vous enverra chercher demain matin.

Elle laissa Dorothée seule et alla retrouver les autres. Elle les conduisit eux aussi à leurs chambres, et chacun d'eux se retrouva logé dans une aile très agréable du palais.

Le lendemain matin, après le petit déjeuner, la servante vint chercher Dorothée. Dorothée mit un tablier de soie verte et noua un ruban vert autour du cou de Toto, puis ils se dirigèrent vers la salle du trône d'Oz le grand.

Ils traversèrent une grande antichambre peuplée d'une foule de dames et de courtisans, tous vêtus de riches costumes. Quand Dorothée fit son entrée, ils la regardèrent avec curiosité et l'un d'eux chuchota :

— Avez-vous vraiment l'intention de voir le visage d'Oz le redoutable ?

— Bien sûr, dit la fillette, s'il accepte de me recevoir.

— Oh ! il est d'accord pour vous recevoir, dit le soldat, qui avait transmis son message au magicien, et pourtant il n'aime pas qu'on lui demande une entrevue. D'ailleurs, il s'est tout d'abord mis en colère, et m'a dit que je devrais vous renvoyer d'où vous venez. Ensuite, il m'a demandé comment vous étiez, et quand j'ai fait allusion à vos souliers d'argent, il a manifesté un très vif intérêt. Enfin, je lui ai parlé de cette marque que vous portez sur le front, et il a décidé de vous admettre en sa présence.

Au même moment, on entendit une sonnette, et la servante dit à Dorothée :

— Voilà le signal. Vous devez entrer seule dans la salle du trône.

Elle ouvrit une petite porte ; Dorothée la franchit hardiment et se retrouva dans un endroit merveilleux. La pièce était grande et ronde, avec un plafond élevé en forme de dôme, recouvert, ainsi que les murs et le sol, d'énormes émeraudes serties côte à côte.

Mais les yeux de Dorothée furent éblouis par le grand trône de marbre vert au milieu de la pièce. Il avait la forme d'une chaise et était parsemé de pierres précieuses, comme tout le reste. Au milieu du siège trônait une énorme tête sans corps, ni bras ni jambes.

Comme Dorothée ne détachait pas le regard de ce spectacle dans un émerveillement mêlé de crainte, les yeux se mirent à tourner lentement et à la fixer avec attention. Puis la bouche remua, et Dorothée entendit une voix prononcer ces mots :

— Je suis Oz, le grand et le redoutable. Qui êtes-vous et que me voulez-vous ?

Elle s'attendait à entendre sortir de l'énorme tête une voix plus épouvantable ; cela lui rendit courage, et elle répondit :

— Je m'appelle Dorothée. Je suis venue vous prier de m'aider.

— Où avez-vous trouvé les souliers d'argent ?

— Je les tiens de la Méchante Sorcière de l'Est, que ma maison a tuée en lui tombant dessus, répliqua-t-elle.

— D'où vient la marque imprimée sur votre front ? poursuivit la voix.

— C'est là que la Bonne Sorcière du Nord m'a embrassée, quand elle m'a fait ses adieux en m'envoyant vers vous, dit la fillette.

Puis Oz demanda :

— Qu'attendez-vous de moi ?

— Renvoyez-moi au Kansas, où se trouvent ma tante Em et mon oncle Henry, répondit-elle d'un ton sérieux.

Les yeux clignèrent trois fois, puis ils se tournèrent vers le plafond. Enfin, ils revinrent se poser sur Dorothée.

— Pourquoi devrais-je vous rendre ce service ? demanda Oz.

— Parce que vous êtes fort et que je suis faible, parce que vous êtes un grand magicien et que je suis seulement une petite fille sans défense.

— Mais vous avez eu la force de tuer la Méchante Sorcière de l'Est, dit Oz.

— C'est arrivé tout seul, répliqua simplement Dorothée. Je n'ai pas pu l'empêcher.

— Eh bien, dit la tête, je vais vous donner ma réponse. Vous n'avez pas le droit d'attendre de moi que je vous renvoie au Kansas si vous ne faites rien pour moi en retour. Dans ce pays, rien n'est gratuit pour personne. Si vous désirez que j'use de mon pouvoir magique pour vous renvoyer chez vous, vous devez commencer par faire quelque chose pour moi.

— Que dois-je faire ? demanda la fillette.

— Tuer la Méchante Sorcière de l'Ouest, répondit Oz.

— Mais j'en suis incapable, s'exclama Dorothée.

— Vous avez bien tué la Sorcière de l'Est, et vos souliers d'argent ont un pouvoir magique. Il ne reste plus qu'une Méchante Sorcière dans tout le pays ; le jour où vous m'apprendrez sa mort, je vous renverrai au Kansas, mais pas avant.

La fillette se mit à pleurer :

— Je n'ai jamais rien tué volontairement, dit-elle dans un sanglot, et même si je le voulais, comment pourrais-je tuer la Méchante Sorcière ? Si vous ne pouvez pas la tuer vous-même, vous qui êtes grand et redoutable, comment cela me serait-il possible, à moi ?

— Je ne sais pas, dit la tête, mais telle est ma réponse. Maintenant partez, et ne demandez pas à me revoir avant d'avoir accompli votre tâche.

Dorothée quitta la salle du trône et alla rejoindre le Lion, l'Épouvantail et le Bûcheron, impatients d'entendre ce qu'avait bien pu lui dire Oz.

— Tout espoir est perdu pour moi, dit-elle, car Oz refuse de me renvoyer chez moi si je ne tue pas la Méchante Sorcière de l'Ouest, et je ne pourrai jamais accomplir une chose pareille.

Ses amis étaient navrés, mais ne pouvaient rien faire pour elle ; elle retourna donc à sa chambre et finit par s'endormir.

Le lendemain matin, le soldat aux verts favoris vint trouver l'Épouvantail et lui dit :

— Suivez-moi, Oz m'envoie vous chercher.

L'Épouvantail le suivit donc et fut introduit dans la grande salle du trône où il aperçut, assise sur le trône d'émeraude, une dame des plus ravissantes. Devant cette belle personne, l'Épouvantail fit une gracieuse révérence. Puis celle-ci le regarda gentiment et dit :

— Je suis Oz, le grand et le redoutable. Qui êtes-vous et que me voulez-vous ?

Or l'Épouvantail, qui s'attendait à voir l'énorme tête dont lui avait parlé Dorothée, était au comble de l'étonnement ; néanmoins il trouva le courage de lui répondre :

— Je ne suis qu'un épouvantail bourré de paille. C'est pourquoi je n'ai pas de cervelle, et je viens vous supplier de m'en mettre un peu dans la tête.

— Pourquoi le ferais-je ? demanda la dame.

— Parce que vous êtes sage et puissante, et que vous seule pouvez m'aider, répondit l'Épouvantail.

— Je n'accorde jamais de faveur sans quelque service en retour, dit Oz ; mais je veux bien promettre ceci. Si vous acceptez de tuer pour moi la Méchante Sorcière de l'Ouest, je vous octroierai une bonne dose de cervelle.

— Mais n'avez-vous pas demandé à Dorothée de tuer la sorcière ? dit l'Épouvantail étonné.

— C'est exact. Peu m'importe qui la tue. Maintenant, allez et ne cherchez pas à me revoir tant que vous n'aurez pas mérité ce que vous désirez si ardemment.

L'Épouvantail, très peiné, alla retrouver ses amis et leur rapporta les paroles d'Oz. Dorothée fut fort surprise d'apprendre que le grand magicien n'était pas une tête, mais une belle dame.

Le jour suivant, le soldat aux verts favoris vint trouver le Bûcheron et dit :

— Oz m'envoie vous chercher, suivez-moi.

Le Bûcheron s'exécuta donc et arriva devant la grande salle du trône. Il ignorait s'il allait voir Oz sous la forme d'une belle dame ou d'une tête, mais il aurait préféré la belle dame.

En entrant dans la grande salle du trône, le Bûcheron ne vit ni tête ni dame : Oz avait pris la forme d'une bête terrifiante. Elle avait la tête d'un rhinocéros mais était dotée de cinq yeux. Cinq grands bras sortaient de son corps, qui était également pourvu de cinq jambes, longues et maigres. Tout son corps était couvert d'un poil épais et laineux, et on ne pouvait imaginer de monstre plus effrayant. Heureusement pour le Bûcheron qu'il n'avait pas encore de cœur, car celui-ci se serait affolé de terreur.

— Je suis Oz, le grand et le redoutable, rugit la bête. Qui êtes-vous et que me voulez-vous ?

— Je suis un bûcheron en fer-blanc. Je n'ai donc pas de cœur et ne puis aimer. Je vous supplie de me donner un cœur afin d'être comme les autres hommes.

— Pourquoi le ferais-je ? demanda la bête d'un ton hautain.

— Parce que je vous le demande, et que vous seul pouvez m'exaucer, répondit le Bûcheron.

— Si vraiment vous désirez un cœur, vous devez le mériter.

— De quelle manière ? demanda le Bûcheron.

— Aidez Dorothée à tuer la Méchante Sorcière de l'Ouest, répliqua la bête. Une fois la sorcière anéantie, venez me retrouver et, à ce moment-là, je vous donnerai le cœur le plus gros, le plus tendre et le plus affectueux de tout le pays d'Oz.

Notre Bûcheron-en-fer-blanc n'eut plus qu'à retourner, tout chagrin, auprès de ses amis et leur raconter son entrevue avec la terrible bête. Tous quatre s'émerveillaient que le grand magicien pût prendre toutes ces formes.

Le lendemain matin, le soldat aux verts favoris conduisit le Lion à la grande salle du trône et s'effaça pour le laisser entrer.

Le Lion franchit aussitôt la porte, regarda autour de lui et, à sa grande surprise, aperçut devant le trône une boule de feu, d'une lumière si cruelle qu'il pouvait à peine la supporter. Il crut tout d'abord qu'Oz avait pris feu par accident et achevait de se consumer : mais quand il essaya de s'approcher, l'intense chaleur lui roussit les moustaches et, en rampant, il regagna la porte, tremblant de tous ses membres.

Alors, une voix calme sortit de la boule de feu et prononça ces mots :

— Je suis Oz, le grand et le redoutable. Qui êtes-vous et que me voulez-vous ?

Le Lion répondit :

— Je suis un lion poltron, et un rien m'effraie. Je viens vous supplier de me donner du courage pour mériter le titre de roi des animaux.

— Pourquoi vous donnerais-je du courage ? demanda Oz.

— Parce que, de tous les magiciens, vous êtes le plus grand, et vous seul avez le pouvoir d'exaucer mon désir, répondit le Lion.

— Apportez-moi la preuve que la Méchante Sorcière est anéantie, alors je vous donnerai du courage ; mais tant qu'elle vivra, vous resterez un poltron.

Ce discours courrouça le Lion, qui ne trouva rien à répondre ; hébété, il contemplait la boule de feu, qui se mit à rougeoyer : il fit demi-tour et quitta la salle, ventre à terre. Il fut content de se retrouver parmi ses amis et leur raconta sa terrible entrevue avec le magicien.

— Et maintenant, qu'allons-nous faire ? demanda tristement Dorothée.

— La seule chose que nous ayons à faire, répliqua le Lion, c'est de nous rendre au pays des Ouinkiz, de nous mettre à la recherche de la Méchante Sorcière et de l'anéantir.

Dorothée sécha donc ses yeux et dit :

— Je crois que nous devons essayer, mais je ne veux tuer personne, même pour revoir tante Em.

— Je vais vous accompagner, mais je suis trop poltron pour tuer la sorcière, dit le Lion.

— Moi aussi, je vais venir, déclara l'Épouvantail, mais je ne pourrai pas vous être très utile, je suis tellement sot.

— Je n'ai pas le cœur de faire du mal, même à une sorcière, fit remarquer le Bûcheron-en-fer-blanc, mais si vous partez, alors je suis des vôtres.

Il fut donc décidé qu'ils partiraient le lendemain matin.

Chapitre 12

À la recherche de la Méchante Sorcière

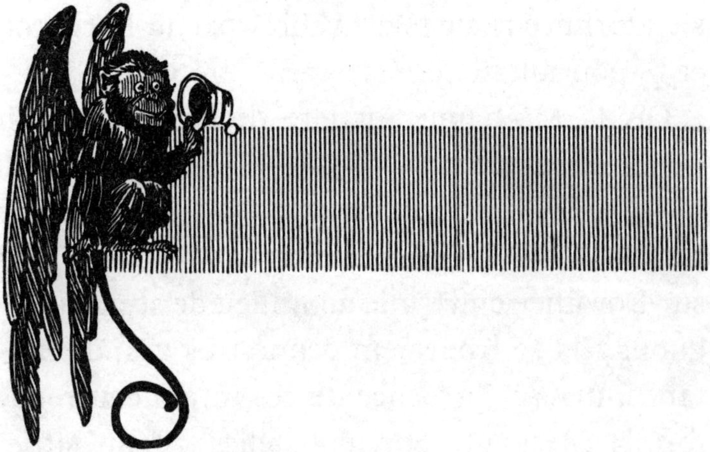

Le soldat aux verts favoris les reconduisit par les rues de la Cité d'Émeraude jusqu'au poste du gardien des portes. Ils le remercièrent et lui firent leurs adieux, puis prirent la direction de l'Ouest.

La Cité d'Émeraude fut bientôt loin derrière eux. Peu à peu, le sol devenait rude et accidenté, il n'y avait ni fermes ni maisons dans la contrée de l'Ouest, et la terre était laissée en friche.

Sous le soleil brûlant de l'après-midi, nul arbre ne leur offrit son ombre et sa fraîcheur ; las bien avant la tombée de la nuit, Dorothée, Toto et le Lion s'étendirent dans l'herbe et s'endormirent aussitôt, veillés par le Bûcheron et l'Épouvantail.

Or, la Méchante Sorcière de l'Ouest n'avait qu'un œil, mais un œil aussi puissant qu'un télescope. Donc, comme elle était assise sur le perron de son château, sa vue tomba par hasard sur Dorothée endormie au milieu de ses compagnons. Ils se trouvaient à une très grande distance, mais la présence de ces intrus courrouça fort la Méchante Sorcière ; elle prit un sifflet d'argent suspendu à son cou, et siffla : de tous les horizons accoururent de grands loups, aux longues pattes, aux yeux cruels, aux crocs pointus.

— Cours me mettre ces gens en pièces, ordonna la sorcière au chef des loups.

Le soldat aux verts favoris les reconduisit par les rues...

— Très bien, dit-il, et il s'élança, sa meute sur les talons.

Par bonheur, l'Épouvantail et le Bûcheron entendirent les loups approcher.

— J'en fais mon affaire, dit le Bûcheron ; mettez-vous derrière moi, je vais les recevoir.

Il prit sa hache au tranchant aiguisé ; quand le chef de la bande arriva à sa portée, il brandit son arme et trancha net la tête du loup qui mourut sur le coup. Quarante loups l'assaillirent, quarante fois l'arme du bûcheron fit son œuvre, si bien qu'au dernier coup, les morts s'empilaient en un grand tas devant le Bûcheron.

Alors il abaissa sa hache et vint s'asseoir auprès de l'Épouvantail qui dit, admiratif :

— Un beau combat, mon ami !

Et ils attendirent le réveil de Dorothée. Le lendemain matin, la fillette fut vraiment effrayée à la vue de cette montagne de loups aux poils hirsutes, mais le Bûcheron-en-fer-blanc lui raconta la bataille. Elle le remercia de les avoir sauvés, et après le déjeuner, on se remit en route.

Or ce même matin, la Méchante Sorcière vint sur le seuil de son château et scruta l'horizon de son œil unique. Elle vit ses loups, gisant décapités. Plus furieuse que jamais, elle saisit son sifflet d'argent et lança deux coups.

Aussitôt, une nuée de corbeaux obscurcit le ciel et vint s'abattre à ses pieds. La sorcière s'adressa à leur roi :

— Vole immédiatement vers ces étrangers ; crève-leur les yeux et mets-les en pièces.

La nuée des corbeaux sauvages repartit en direction de Dorothée et ses compagnons. La fillette prit peur en les voyant arriver, mais l'Épouvantail déclara :

— Cette fois, c'est moi qui en fais mon affaire. Couchez-vous par terre derrière moi.

Tous s'allongèrent sur le sol, sauf l'Épouvantail, qui se redressa en écartant les bras.

À sa vue, les corbeaux s'arrêtèrent, effrayés : d'ordinaire, ces oiseaux n'osent pas approcher des épouvantails. Mais le roi des corbeaux dit :

— Ce n'est qu'un mannequin de paille. Je vais lui crever les yeux.

Il fondit sur l'Épouvantail, mais celui-ci l'empoigna par la tête, et lui tordit le cou jusqu'à ce que mort s'ensuive. Quarante corbeaux l'attaquèrent, l'Épouvantail tordit quarante cous ; à la fin du combat, tous les oiseaux gisaient morts à ses pieds. Ses compagnons se relevèrent et ils reprirent leur marche.

Quand la Méchante Sorcière vint scruter l'horizon et découvrit les cadavres amoncelés de ses corbeaux, elle entra dans une rage épouvantable et souffla trois fois dans son sifflet d'argent.

Aussitôt, l'air s'emplit d'un bourdonnement puissant et un essaim d'abeilles noires vint danser au-dessus de sa tête.

— Rattrapez-moi ces étrangers, ordonna-t-elle, et faites-les mourir à coups de dard.

Les abeilles virevoltèrent et partirent en direction de Dorothée et ses amis. Mais le

Bûcheron les avait aperçues, et déjà, l'Épouvantail savait ce qu'il fallait faire.

— Prenez ma paille, dit-il, et répandez-la sur la petite, le chien et le Lion ; les abeilles ne pourront pas les piquer.

Quand les abeilles arrivèrent, il ne restait plus que le Bûcheron ; elles fondirent sur lui, mais se brisèrent le dard contre le fer-blanc, sans lui causer la moindre piqûre. Et comme ces insectes ne peuvent survivre à la perte de leur aiguillon, ainsi périrent les abeilles noires.

Alors Dorothée et le Lion se relevèrent, et la fillette aida le Bûcheron-en-fer-blanc à rempailler l'Épouvantail jusqu'à ce qu'il ait repris sa bonne mine. Une fois de plus, l'on se remit en route.

La Méchante Sorcière, voyant ses abeilles noires entassées comme mottes de menu charbon, devint folle de colère. Elle fit venir ensuite une douzaine d'esclaves – des Ouinkiz –, leur distribua des lances acérées, et leur ordonna d'aller occire ces étrangers. Ils se lancèrent donc à la poursuite de

Dorothée. Ils l'avaient à peine rattrapée que le Lion bondit vers eux en poussant un rugissement si farouche qu'épouvantés, les pauvres Ouinkiz s'enfuirent sans demander leur reste.

Quand ils rentrèrent au château, la sorcière les fit fouetter, après quoi, elle s'assit pour réfléchir à ce qu'il convenait de faire. Elle eut tôt fait de trouver un nouvel expédient.

Elle gardait, dans une armoire, une coiffe d'or. Cette coiffe était dotée d'un charme. Quiconque la possédait pouvait par trois fois invoquer l'aide des singes ailés : ceux-ci devaient accomplir tout ce qui leur serait ordonné. Deux fois déjà, la Méchante Sorcière avait eu recours au pouvoir magique de la coiffe. D'abord, lorsqu'elle avait réduit les Ouinkiz en esclavage, et installé sa domination sur leur peuple. Ensuite, lorsqu'elle avait lutté contre le grand Oz lui-même, et l'avait chassé du pays de l'Ouest. Une fois encore, mais la dernière, elle pouvait recourir au charme de la coiffe d'or. Pour cette raison, elle avait d'abord essayé toutes les autres ressources dont elle disposait. Or, à présent, il ne lui restait plus que ce moyen pour venir à bout de Dorothée et ses amis.

La sorcière tira donc la coiffe d'or de son armoire, et la posa sur sa tête. Puis, se tenant sur son pied gauche, elle prononça lentement :

— Ep-pe, pep-pe, pak-ke !

Ensuite, campée sur son pied droit, elle dit :

— Hil-lo, hol-lo, hel-lo !

Enfin, debout sur ses deux pieds, elle cria très fort :

— Ziz-zu, zuz-zy, zik !

Le charme commença tout de suite à opérer. Le ciel s'assombrit. Quand le soleil émergea du ciel obscurci, on pouvait voir la sorcière entourée d'une multitude de singes, chacun muni d'une paire d'ailes immenses et vigoureuses.

Le plus grand semblait conduire la troupe. D'un coup d'ailes, il vint se poser près de la sorcière et dit :

— Vous nous avez appelés pour la troisième et dernière fois. Qu'ordonnez-vous ?

— Emparez-vous de ces étrangers qui foulent le sol de mon pays, et faites-les tous mourir, sauf le Lion, dit la Méchante Sorcière. Amenez-moi cette bête, j'ai l'intention de la harnacher comme un cheval et de la faire travailler.

— Vos ordres seront exécutés, dit le chef.

Et dans un tumulte de cris et de jacassements, les singes ailés s'envolèrent et arrivèrent peu après au lieu où cheminaient Dorothée et ses compagnons. Deux ou trois singes s'emparèrent du Bûcheron-en-fer-blanc et l'emportèrent dans les airs, jusqu'à un endroit couvert de rochers abrupts. C'est là qu'ils le lâchèrent, et le pauvre Bûcheron atterrit avec fracas sur les rocs, où il gisait à présent, tout bosselé, tout ébréché.

D'autres singes s'étaient saisis de l'Épouvantail, et de leurs longs doigts, le vidèrent entièrement de sa paille. De son chapeau, de ses bottes, de ses habits, ils firent un ballot qu'ils accrochèrent à la cime d'un grand arbre.

Pendant ce temps, les autres singes ficelaient le Lion avec de grosses cordes. Ils le soulevèrent et l'emportèrent au château de la sorcière, où on l'enferma.

Dorothée, tenant Toto dans ses bras, regardait le triste sort infligé à ses amis. Le chef des singes ailés se posa près d'elle ; il écartait déjà ses longs bras velus, mais la marque laissée sur le front de la fillette le figea sur place, et il interdit aux autres de la toucher.

— Nous ne devons pas faire de mal à cette enfant, leur dit-il, car elle est protégée par les puissances du Bien, qui sont plus fortes que les puissances du Mal. Tout ce que nous pouvons faire, c'est l'emmener jusqu'au château de la Méchante Sorcière.

Ils soulevèrent Dorothée avec douceur et précaution, et la transportèrent légèrement jusqu'au château, où ils la déposèrent au pied du perron. Puis le chef s'adressa à la sorcière :

— Nous vous avons obéi autant qu'il nous était possible de le faire. L'homme en fer-blanc et l'Épouvantail sont détruits, le Lion est captif dans la cour. Mais nous n'osons pas toucher à la fillette. Votre pouvoir sur nous vient de prendre fin, et vous ne nous reverrez jamais plus.

Dans un chahut de rires et de jacassements, les singes ailés s'envolèrent et eurent bientôt disparu.

À la vue du signe imprimé sur le front de Dorothée, la sorcière fut tout d'abord surprise et contrariée. Elle posa son regard sur les pieds de Dorothée, et apercevant les souliers d'argent, se mit à trembler de frayeur, car elle n'ignorait pas qu'un charme puissant leur était attaché. Sur le coup, elle fut tentée de s'enfuir, mais elle se ravisa. Ricanant dans son for intérieur, elle se dit : « Je peux encore en faire mon esclave, car elle ne connaît pas son pouvoir. » Alors, d'un ton dur et brutal, elle ordonna :

— Suis-moi, et écoute bien tout ce que je te dis ; sinon, attends-toi à subir le sort du Bûcheron et de l'Épouvantail.

Dorothée la suivit donc dans le château ; arrivées à la cuisine, la sorcière lui ordonna de nettoyer marmites et chaudrons, de balayer le plancher, et d'entretenir le feu de bois.

Dorothée occupée à sa besogne, la sorcière se dirigea vers l'enclos du Lion poltron ; elle avait l'intention de le harnacher comme un cheval et de l'atteler à un chariot. Mais à peine eut-elle ouvert le portail, le Lion rugit de toutes ses forces et bondit si sauvagement qu'effrayée, elle sortit en courant et referma promptement la grille.

— Si je ne peux pas te mettre de harnais, dit-elle à travers les barreaux, du moins puis-je t'affamer. Tu n'auras rien à manger tant que tu n'obéiras pas à mon bon plaisir.

Dès lors, le Lion captif fut privé de nourriture. Chaque jour à midi, la sorcière paraissait à la grille et demandait :

— Es-tu prêt à porter le harnais comme un cheval ?

Et chaque fois le Lion répondait :

— Non ! Si tu pénètres dans cette cour, je te mords.

Si le Lion résistait si courageusement à la volonté de la sorcière, c'est que chaque nuit, tandis qu'elle dormait, Dorothée lui apportait de la nourriture trouvée dans le placard de la cuisine. Son repas terminé, il se couchait sur sa litière de paille, et la fillette s'allongeait près de lui. La vie de Dorothée devenait de plus en plus triste, à mesure qu'elle perdait l'espoir de revoir jamais le Kansas et tante Em.

Or la Méchante Sorcière mourait d'envie de s'approprier les souliers d'argent que portait la petite fille. Si seulement elle parvenait à s'en emparer, ceux-ci lui donneraient plus de puissance qu'elle n'en avait jamais eu. Elle se mit donc à surveiller Dorothée, projetant de lui dérober ses souliers quand elle les ôterait. Mais l'enfant était si fière de ses jolies chaussures qu'elle ne les enlevait que la nuit ou pour prendre son bain.

Toutefois, la mauvaise créature avait plus d'un tour dans son sac et finit par trouver une ruse qui lui permettrait de s'emparer de l'objet de sa convoitise. Elle plaça une barre de fer en travers du plancher de la cuisine et, par des artifices de magie, la rendit invisible aux yeux humains. Quand Dorothée traversa la cuisine, elle trébucha sur la barre invisible et s'affala de tout son long sur le sol. Elle ne se fit pas grand mal, mais dans sa chute, elle perdit l'un des souliers d'argent. Avant même qu'elle eût pu le reprendre, la sorcière s'en était saisie et en avait chaussé son pied décharné.

Voyant qu'elle avait perdu une de ses jolies chaussures, la petite fille se mit en colère.

— Rendez-moi mon soulier, dit-elle.

— Jamais de la vie ! rétorqua la sorcière. Désormais, c'est à moi qu'il appartient.

Dorothée ne se contint plus. Saisissant un baquet qui se trouvait là, elle en renversa le contenu sur la sorcière, qui fut mouillée des pieds à la tête.

La vilaine femme poussa un hurlement de terreur et, à la grande surprise de la fillette, commença à rétrécir et rapetisser.

— Tu vois ce que tu as fait ! grinça-t-elle. Dans un instant, j'aurai complètement fondu.

— Je suis vraiment navrée, dit Dorothée, réellement effrayée de la voir fondre comme du sucre sous ses yeux.

— Tu ne savais donc pas que l'eau pouvait causer ma perte ? demanda la sorcière d'une voix plaintive et désespérée.

— Bien sûr que non, répondit l'enfant, comment aurais-je pu le deviner ?

— Dans quelques minutes, je serai tout à fait dissoute, et mon château t'appartiendra. Regarde : je disparais !

À ces mots, la sorcière se liquéfia en une masse brunâtre et informe, qui se répandit sur le plancher propre de la cuisine. Voyant qu'elle avait fondu pour tout de bon, Dorothée puisa un autre seau d'eau et le versa sur ce gâchis. Enfin libre d'agir à sa guise, elle courut annoncer au Lion qu'ils étaient délivrés à jamais de la Méchante Sorcière de l'Ouest, et que leur captivité venait de prendre fin.

Chapitre 13

Délivrance

Le Lion poltron fut très heureux d'apprendre que la Méchante Sorcière avait fondu grâce à un seau d'eau. Dorothée ouvrit aussitôt la grille de sa prison et le libéra. Ensemble, ils pénétrèrent dans le château, où le premier geste de Dorothée fut de convoquer tous les Ouinkiz pour leur annoncer la fin de leur esclavage.

La nouvelle provoqua une réjouissance sans pareille parmi les jaunes Ouinkiz.

— Si seulement nos amis l'Épouvantail et le Bûcheron étaient avec nous, je serais parfaitement heureux, dit le Lion.

— Ne croyez-vous pas qu'il soit possible de leur porter secours ? interrogea anxieusement la fillette.

— Nous pouvons toujours essayer, répondit le Lion.

Ils appelèrent les jaunes Ouinkiz et leur demandèrent s'ils acceptaient de les aider à secourir leurs amis ; les Ouinkiz dirent qu'ils seraient ravis de faire tout ce qui était en leur pouvoir pour celle qui les avait tirés de leur servitude. Dorothée choisit quelques Ouinkiz, et ils se mirent en route. Ils marchèrent tout un jour avant de parvenir dans la plaine rocheuse où gisait le pauvre Bûcheron.

Les Ouinkiz le soulevèrent doucement dans leurs bras et le ramenèrent au château jaune. La petite fille demanda alors aux Ouinkiz :

— Y a-t-il des ferblantiers parmi vos gens ?

— Bien sûr !

— Alors, allez me les chercher, dit-elle.

Bientôt les ferblantiers arrivèrent, portant leurs boîtes pleines d'outils. Dorothée les interrogea :

— Êtes-vous capables de redresser les bosses de l'homme en fer-blanc, de le refaçonner et de souder ses entailles ?

Les ferblantiers examinèrent le Bûcheron avec soin et répondirent qu'ils pensaient pouvoir le réparer et le remettre en forme. Ils se mirent tout de suite à l'œuvre et travaillèrent trois jours et quatre nuits. Quand ils s'arrêtèrent, il avait repris son ancienne allure, et ses articulations fonctionnaient aussi bien qu'avant.

Lorsque, enfin, il entra dans la chambre de Dorothée pour la remercier de l'avoir sauvé, il se sentait si content qu'il ne put retenir des larmes de joie.

— Si seulement l'Épouvantail était avec nous, je serais parfaitement heureux, dit le Bûcheron, quand Dorothée lui eut raconté ses aventures.

Les ferblantiers travaillèrent trois jours et quatre nuits.

— Nous devons essayer de le retrouver, dit-elle.

Elle appela les Ouinkiz à la rescousse, et ils cheminèrent ensemble tout ce jour, avant de rejoindre le grand arbre à la cime duquel les singes ailés avaient balancé les habits de l'Épouvantail.

C'était un très grand arbre, et son tronc était si lisse qu'il fallut renoncer à y grimper. Mais le Bûcheron dit aussitôt :

— Je vais l'abattre, et nous pourrons récupérer les habits de l'Épouvantail.

Aussitôt, le Bûcheron se mit à tailler le tronc, et peu après, l'arbre s'abattit avec un craquement ; les habits de l'Épouvantail tombèrent des branches et roulèrent sur le sol.

Dorothée les ramassa, et on les rapporta au château, où ils furent bourrés de belle paille fraîche ; et tenez-vous bien ! l'Épouvantail était là, aussi beau qu'avant, et ne cessait de remercier les uns et les autres de lui avoir rendu la vie.

Enfin réunis, Dorothée et ses amis vécurent de bons moments au château jaune, à l'abri de tout besoin. Mais un jour, la petite fille se souvint de tante Em, et elle dit :

— Nous devons retourner chez Oz, et lui rappeler ses promesses. Partons dès demain pour la Cité d'Émeraude !

Le jour suivant, ils invitèrent tous les Ouinkiz pour leur faire leurs adieux. Ceux-ci étaient désolés de les voir partir. Ils s'étaient surtout pris d'affection pour le Bûcheron, qu'ils suppliaient de demeurer chez eux pour gouverner le jaune pays de l'Ouest. Mais ils comprirent que rien ne les ferait changer d'avis.

Dorothée alla à l'armoire remplir son panier de provisions pour la route ; c'est alors qu'elle aperçut la coiffe d'or. Elle l'essaya : celle-ci lui seyait à merveille. La fillette ignorait tout du charme attaché à la coiffe, mais elle la trouvait jolie et cette raison lui suffit pour s'en parer.

Ainsi fin prêts pour le voyage, ils se mirent en route vers la Cité d'Émeraude.

Chapitre 14

Les singes ailés

Vous souvenez-vous qu'il n'existait pas de route – pas même de sentier – entre le château de la Méchante Sorcière et la Cité d'Émeraude ? Quand les quatre voyageurs étaient partis à la recherche de la sorcière, c'est elle qui les avait vus venir, et avait envoyé les singes ailés pour les amener jusqu'à elle. Le retour s'annonçait donc plus difficile que l'aller.

— Si nous appelions les souris des champs ? suggéra Dorothée. Elles nous indiqueraient certainement la route vers la Cité d'Émeraude.

— Mais bien sûr ! s'écria l'Épouvantail. Comment n'y avons-nous pas songé plus tôt ?

Dorothée saisit le petit sifflet qu'elle portait à son cou depuis que la reine des souris le lui avait donné, et siffla. Un trottinement de petites pattes ne tarda pas à se faire entendre : des centaines de souris grises accouraient. Parmi elles, se trouvait la reine en personne, qui demanda de sa voix flûtée :

— Que puis-je faire pour mes amis ?

— Nous avons perdu notre chemin, dit Dorothée. Pouvez-vous nous dire où se trouve la Cité d'Émeraude ?

— Sans doute, répondit la reine, mais elle est très loin d'ici, car vous n'avez cessé de lui tourner le dos.

C'est alors qu'elle remarqua la coiffe d'or de Dorothée.

— Pourquoi ne recourez-vous pas à la formule magique de la coiffe ? Vous pourriez appeler les singes ailés, ils vous transporteraient jusqu'à la cité d'Oz en moins d'une heure.

— Une formule magique ? s'étonna Dorothée. Je ne savais pas que la coiffe en avait une. Quelle est-elle ?

— C'est écrit à l'intérieur, répondit la reine.

Et elle décampa lestement, suivie de toutes les souris.

Dorothée regarda à l'intérieur de la coiffe et vit quelques mots écrits sur la doublure. « Voilà la formule », se dit-elle, et elle lut attentivement les instructions, puis mit la coiffe sur sa tête.

— Ep-pe, pep-pe, pak-ke ! prononça-t-elle en levant le pied droit.

— Que dites-vous là ? demanda l'Épouvantail sans comprendre.

— Hil-lo, hol-lo, hel-lo ! continua Dorothée en levant le pied gauche.

— *Hello* ! répondit placidement le Bûcheron.

— Ziz-zu, zuz-zy, zik ! dit Dorothée, campée sur ses deux pieds.

Les paroles magiques à peine achevées, la troupe des singes ailés volait vers eux. Le roi s'inclina devant la fillette :

— Que désirez-vous ? demanda-t-il.

— Nous aimerions aller à la Cité d'Émeraude, dit l'enfant ; nous nous sommes égarés.

— Nous allons vous y porter, répondit le roi.

Aussitôt, deux singes prirent Dorothée dans leurs bras et s'envolèrent avec elle. D'autres saisirent l'Épouvantail, le Bûcheron et le Lion, tandis qu'un petit singe les suivait, serrant Toto dans ses bras, malgré les efforts du chien pour le mordre.

Dorothée trouvait le voyage agréable, confortablement assise entre deux des plus grands singes, dont l'un était le roi lui-même. Ils avaient formé une chaise de leurs mains jointes et prenaient garde à ne pas trop secouer la fillette.

Deux singes prirent Dorothée dans leurs bras et s'envolèrent avec elle.

Bientôt, Dorothée aperçut les remparts verts et scintillants de la Cité d'Émeraude. Elle avait beau s'émerveiller du vol rapide des singes, elle était néanmoins contente que le voyage fût terminé. Les étranges créatures déposèrent doucement les voyageurs devant la porte de la Cité, le roi s'inclina très bas devant Dorothée et s'envola légèrement, suivi de sa troupe ailée.

— Nous avons fait un bon voyage, dit la petite fille.

— Oui, approuva le Lion, cela nous a promptement tirés d'embarras. Quelle chance que vous ayez emporté cette coiffe merveilleuse !

Chapitre 15

La rencontre avec Oz le redoutable

Les quatre voyageurs s'avancèrent vers la grand-porte de la Cité d'Émeraude et sonnèrent. Le soldat aux verts favoris gardait toujours l'entrée, mais il les laissa passer immédiatement. Ils revirent la belle servante habillée de vert qui les mena chacun à son ancienne chambre pour prendre un peu de repos, en attendant qu'Oz veuille bien les recevoir.

Le soldat avait aussitôt prévenu le magicien du retour de Dorothée et de ses compagnons, ainsi que de la mort de la Méchante Sorcière. Oz avait répondu par le silence. Ni le lendemain, ni le lendemain du lendemain, ni le jour suivant, ils ne reçurent le moindre message. L'attente devenait lassante et pénible. À la fin, l'Épouvantail pria la servante de transmettre à Oz que, s'il ne leur accordait pas tout de suite une entrevue, ils appelleraient les singes ailés à la rescousse, et l'on verrait bien s'il savait ou non tenir ses promesses. Quand le magicien reçut le message, si grande fut sa frayeur qu'il fixa la rencontre pour le lendemain matin, à neuf heures quatre minutes, dans la salle du trône.

Les quatre voyageurs ne purent fermer l'œil de la nuit, chacun songeant au don qu'Oz avait promis de lui accorder. Dorothée s'assoupit une seule fois et rêva qu'elle était au Kansas, et que tante Em lui disait son bonheur d'avoir retrouvé sa petite fille.

Le lendemain matin, à neuf heures, le soldat aux verts favoris s'empressa de les rassembler tous les quatre ; quatre minutes plus tard, tous pénétraient dans la salle du trône d'Oz le grand.

Naturellement, chacun d'eux s'attendait à revoir le magicien sous la forme qu'il avait empruntée lors de leur première rencontre ; aussi furent-ils bien étonnés de n'apercevoir âme qui vive dans la pièce. Bientôt, ils entendirent une voix qui semblait provenir du grand dôme, quelque part là-haut, et qui disait, solennelle :

— Je suis Oz, le grand et le redoutable. Pourquoi voulez-vous me voir ?

Dorothée commença :

— Nous sommes venus vous rappeler vos promesses, ô grand Oz.

— Quelles promesses ? demanda Oz.

— Vous avez promis de me faire revenir au Kansas, dès que la Méchante Sorcière serait détruite, dit la fillette.

— Et vous avez promis de me donner une cervelle, dit l'Épouvantail.

— Et vous avez promis de me donner un cœur, renchérit le Bûcheron-en-fer-blanc.

— Et vous avez promis de me donner du courage, surenchérit le Lion poltron.

— La Méchante Sorcière est-elle vraiment détruite ? demanda la voix.

Et Dorothée crut percevoir qu'elle tremblait légèrement.

— Oui, répondit-elle. Je l'ai fait fondre avec un seau d'eau.

— Mon Dieu, fit la voix, comme c'est soudain ! Très bien, revenez me voir demain, je dois réfléchir à tout cela.

— Vous devez tenir les promesses que vous nous avez faites, s'exclama Dorothée.

Le Lion poltron crut bon d'intervenir aussi et d'effrayer le magicien ; il poussa donc un rugissement terrible, si féroce que Toto, alarmé, sauta de côté et culbuta contre un paravent dressé dans un coin, qui s'écroula. Le fracas de sa chute attira leurs regards dans cette direction, et ce qu'ils virent les remplit tous de stupeur. À l'endroit même que leur avait caché le paravent se tenait un petit vieillard, chauve et ridé, et qui semblait tout aussi étonné que les voyageurs. Le Bûcheron, levant sa hache, se rua vers le petit homme en criant :

— Qui êtes-vous ?

— Je suis Oz, le grand et le redoutable, dit le petit homme d'une voix tremblante.

Nos amis le regardaient avec stupeur et consternation.

— Je croyais qu'Oz était une grande tête, dit Dorothée.

— Et moi, une belle dame, dit l'Épouvantail.

— Et moi, une terrible bête sauvage, dit le Bûcheron.

— Et moi, une boule de feu, dit le Lion.

— Non ! vous vous trompiez, avoua humblement le petit homme. Je vous l'ai seulement fait croire.

— Fait croire ! répéta Dorothée. Vous n'êtes donc pas un grand magicien ?

— Chut ! mon enfant, dit-il, ne parlez pas si fort ; si l'on vous entendait, ce serait ma perte. Tout le monde me croit un grand magicien.

— Et vous n'en êtes pas un ? demanda-t-elle.

— Pas le moins du monde, chère petite. Je ne suis qu'un homme ordinaire.

— Oh ! vous êtes plus que cela ! dit l'Épouvantail d'un ton d'amer reproche. Vous êtes un charlatan.

— Très exactement ! déclara le petit homme en se frottant les mains, comme enchanté de l'étiquette. Je suis un charlatan.

— Quelqu'un d'autre sait-il que vous êtes un charlatan ? demanda Dorothée.

— Personne, à part vous quatre – et moi-même, répondit Oz. J'ai dupé tout le monde

« Très exactement ! Je suis un charlatan. »

pendant si longtemps que je croyais bien n'être jamais démasqué.

— Mais je ne comprends pas, dit Dorothée, désemparée. Comment avez-vous fait pour m'apparaître sous la forme d'une grande tête ?

— C'était une de mes ruses, répondit Oz. Venez par ici, s'il vous plaît, je vais tout vous expliquer.

Derrière le trône se trouvait une petite pièce où il les fit entrer. Par terre, dans un angle, il leur montra la grande tête, faite de plusieurs épaisseurs de papier.

— Je la suspendais au plafond par un fil, dit Oz. Je me tenais caché derrière le paravent, et grâce à un autre fil, je faisais remuer les yeux et s'ouvrir la bouche.

— Mais la voix ? insista Dorothée, intriguée.

— Je suis ventriloque, dit le petit homme, et je peux diriger le son de ma voix du côté où je le désire. Voilà les autres artifices qui m'ont servi à vous illusionner.

Il montra à l'Épouvantail la robe et le masque grâce auxquels il s'était fait passer pour la belle dame ; et le Bûcheron put constater que sa bête féroce n'était qu'un assemblage de peaux cousues. Quant à la boule de feu, le faux magicien l'accrochait aussi au plafond. C'était en réalité une boule de coton ; mais une fois imbibée d'huile, elle flambait furieusement.

— Tout de même, dit l'Épouvantail, vous devriez avoir honte d'être un pareil charlatan.

— Mais j'ai honte, très honte, répondit le petit homme, tristement. Hélas ! je n'avais pas le choix. Je vais vous raconter mon histoire.

Ils s'assirent donc, et voici ce qu'il leur raconta :

— Je suis né à Omaha...

— Mais ce n'est pas tellement loin du Kansas ! interrompit Dorothée.

— Non, mais ce n'est pas tout près d'ici, dit-il en secouant la tête. Quand je fus devenu grand, j'appris le métier de ventriloque, sous la direction d'un grand maître. Je peux imiter n'importe quel oiseau ou animal. Au bout d'un certain temps, reprit-il, je m'en lassai, et me fis homme-ballon.

— Qu'est-ce que c'est ? demanda Dorothée.

— Un homme qui fait de la réclame pour un cirque, expliqua-t-il.

— Oh ! je vois ! fit-elle.

— Donc, un jour que je montai dans le ballon, les cordes s'entortillèrent de telle sorte que je ne pus plus redescendre. Le ballon s'éleva au-dessus des nuages, un fort courant d'air le happa et l'entraîna à des lieues et des lieues de là. Le matin du second jour, je me réveillai et découvris que je flottais au-dessus d'une contrée étrangement belle. Le ballon descendit progressivement jusqu'au sol, et se posa sans heurt. Je me retrouvai au milieu d'un peuple étrange, qui, me voyant débarquer des nuages, me prit pour un grand magicien. Naturellement, je le leur laissai croire, car cela leur inspirait crainte et respect, et ils promirent de faire tout ce que je voudrais. Je leur ordonnai de construire cette cité et mon palais, ce qu'ils exécutèrent de bon cœur et avec talent. Comme ce pays était d'un vert magnifique, je décidai de l'appeler la Cité d'Émeraude, et pour faire plus vrai, je décrétai que tout le monde porterait des lunettes vertes, en sorte que tout ce qu'ils verraient serait vert.

— Tout n'est donc pas vert, ici ? demanda Dorothée.

— Pas plus qu'ailleurs, répondit Oz. Mais bien sûr, avec des lunettes vertes, tout a l'air de l'être. Ce que je redoutais le plus, c'étaient les sorcières, car je ne possédais aucun pouvoir magique, alors qu'elles étaient vraiment capables d'accomplir des prodiges. Elles étaient quatre à se partager le pays. Heureusement, les Sorcières du Nord et du Sud étaient bonnes. Vous imaginez donc ma joie quand j'ai appris que votre maison avait, en tombant, écrasé la Méchante Sorcière de l'Est. Lorsque vous êtes venue me trouver, j'étais prêt à vous promettre n'importe quoi, pourvu que vous me débarrassiez de l'autre sorcière ; à présent que vous l'avez fait fondre, j'avoue, à ma grande honte, que je suis incapable de tenir mes promesses.

— Vous n'êtes qu'un méchant ! s'indigna Dorothée.

— Oh ! non, ma chère enfant, je suis un très brave homme, mais un très mauvais magicien, je dois le reconnaître.

— En ce cas, vous ne pouvez pas me donner de cervelle ? demanda l'Épouvantail.

— Vous n'en avez pas besoin.

— C'est bien possible, protesta l'Épouvantail, mais je serai très malheureux tant que je n'aurai pas de cervelle.

Le faux magicien le sonda du regard.

— Bon, fit-il en soupirant. Je n'ai guère les dons d'un magicien, je vous l'ai dit ; mais si vous y tenez, venez demain matin, je vous garnirai la tête d'une cervelle.

— Oh ! merci ! merci ! s'écria l'Épouvantail. Je trouverai le moyen de m'en servir, n'ayez crainte.

— Et... en ce qui concerne mon courage ? demanda anxieusement le Lion.

— Je suis sûr que vous en êtes bourré, répondit Oz. Ce qui vous manque, c'est la confiance en vous-même.

— Peut-être, dit le Lion, mais cela ne me rassure pas d'un poil. Je serai vraiment très malheureux tant que vous ne m'aurez pas donné cette sorte de courage qui fait oublier qu'on a peur.

— Très bien, dit Oz. Demain, je vous en ferai don.

— Et... pour ce qui est de mon cœur ? demanda le Bûcheron-en-fer-blanc.

— Alors, là, dit Oz, je pense que vous avez tort de désirer un cœur. La plupart des gens s'en trouvent fort malheureux. Si seulement vous saviez ce que c'est, vous vous réjouiriez d'en être dépourvu.

— Ce doit être une affaire d'opinion, dit le Bûcheron. Pour moi, si vous me donnez un cœur, je supporterai ce malheur sans un murmure.

— Très bien, dit Oz, résigné. J'ai joué au magicien pendant des années, pourquoi ne pas faire durer le rôle un peu plus ?

— Et moi, dit Dorothée, comment vais-je rentrer au Kansas ?

— Nous allons examiner la question, répliqua le petit homme. Laissez-moi deux ou trois jours pour y réfléchir, et j'essaierai de trouver un moyen pour vous faire franchir le désert. Étant donné la situation, je ne vous demande qu'une chose, pour ma propre sûreté : gardez mon secret. Ne révélez à personne que je suis un charlatan.

Ils convinrent de ne rien dire de ce qu'ils venaient d'apprendre, et regagnèrent leurs chambres, réconfortés et joyeux.

Chapitre 16

L'art magique du grand charlatan

Le lendemain matin, l'Épouvantail dit à ses amis :

— Vous pouvez me féliciter. Je me rends tout à l'heure chez Oz : je vais enfin avoir ma cervelle. Quand je reviendrai, je serai un homme comme les autres.

Il les salua tous joyeusement, et s'en fut à la salle du trône, où il frappa à la porte.

— Entrez, dit Oz.

— Je suis venu pour ma cervelle, dit l'Épouvantail, un peu mal à son aise.

— Oh ! c'est vrai. Asseyez-vous sur cette chaise, s'il vous plaît, répondit Oz.

Le magicien lui détacha la tête et en vida la paille. Il alla dans la pièce à côté, prit une mesure de son qu'il mélangea à une bonne dose d'aiguilles et d'épingles. Il agita le tout pour obtenir un mélange parfait, puis en remplit le fond de la tête et bourra le reste avec de la paille. Ensuite, il rattacha la tête de l'Épouvantail à son corps en lui disant :

— Dorénavant, vous voilà un grand homme, car je vous ai donné une cervelle.

Aussi fier que content, l'Épouvantail remercia Oz très chaleureusement et retourna auprès de ses amis.

Dorothée le dévisagea avec curiosité. Les bosses de sa cervelle faisaient saillie sur son front.

— Comment vous sentez-vous ? s'enquit-elle.

— À dire la vérité, je me sens intelligent, répondit-il gravement.

— Bon ! à mon tour de me présenter chez Oz, dit le Bûcheron.

Il se rendit à la salle du trône et frappa à la porte.

— Entrez ! fit Oz.

Et le Bûcheron entra.

— Je viens pour mon cœur, dit-il.

— Très bien, répondit le petit homme.

Oz prit donc une paire de ciseaux à métaux, découpa un petit carré sur le côté gauche de la poitrine du Bûcheron. Puis, du tiroir d'une commode, il sortit un petit cœur entièrement fait de soie et le remplit de sciure de bois.

— Il est beau, n'est-ce pas ? fit-il remarquer.

— Et comment ! approuva le Bûcheron, tout à fait ravi.

Oz installa le cœur dans la poitrine du Bûcheron, rajusta le carré de fer-blanc et le souda.

« À dire la vérité, je me sens intelligent »,
dit l'Épouvantail.

— Voilà ! dit-il, vous avez maintenant un cœur que tout homme serait fier de posséder.

Le Bûcheron-en-fer-blanc revint auprès de ses amis, qui lui souhaitèrent bonheur et joie.

Le Lion se dirigea à son tour vers la salle du trône, et frappa à la porte.

— Entrez ! dit Oz.

— Je viens chercher mon courage, annonça le Lion en entrant.

— Parfait, répondit le petit homme. J'ai ce qu'il vous faut.

Il ouvrit une armoire, et saisit, sur une haute étagère, un bocal vert et carré dont il versa le contenu dans une coupe d'or. Il la plaça sous le nez du Lion poltron et lui dit :

— Buvez !

— Qu'est-ce que c'est ? demanda le Lion.

— Eh bien, dit Oz, si c'était en vous, ce serait du courage.

Sans plus hésiter, le Lion vida la coupe jusqu'à la dernière goutte.

— Alors, comment vous sentez-vous ? demanda Oz.

— Je déborde de courage, répondit le Lion, qui alla tout joyeux conter sa bonne fortune à ses amis.

Quand Oz se retrouva seul, il sourit en songeant à la façon dont il avait réussi à donner à l'Épouvantail, au Bûcheron et au Lion exactement ce dont ils croyaient manquer.

« Comment faire pour ne pas me conduire en charlatan, se dit-il, quand tous ces gens me demandent d'accomplir des choses que tout le monde sait irréalisables ? Il était facile de satisfaire l'Épouvantail, le Lion et le Bûcheron, car ils s'imaginaient que j'étais tout-puissant. Mais pour ramener Dorothée au Kansas, il va falloir davantage d'imagination, et je sais bien que je ne sais pas comment m'y prendre ! »

Chapitre 17

Comment le ballon fut lancé

Pendant trois jours, Dorothée resta sans nouvelles d'Oz. Ces journées s'écoulèrent tristement pour la petite fille, malgré la joie et le contentement de ses amis. L'Épouvantail affirmait qu'il lui venait de merveilleuses pensées en tête. Quand le Bûcheron se promenait, il sentait son cœur remuer comme un hochet dans sa poitrine. Le Lion déclara qu'il n'avait plus peur de rien.

Toute la petite compagnie était donc satisfaite, excepté Dorothée, qui languissait plus que jamais après son cher Kansas.

Le quatrième jour, à sa grande joie, Oz la fit appeler, et quand elle pénétra dans la salle du trône, il dit avec enjouement :

— Asseyez-vous, mon enfant. Je crois avoir trouvé le moyen de vous faire sortir de ce pays.

— Et de me ramener au Kansas ? demanda-t-elle avec impatience.

— À vrai dire, je ne suis pas certain que ce soit au Kansas, car j'ignore de quel côté il se trouve, reconnut Oz. Mais la première chose à faire est de franchir ce désert.

— Et comment franchir le désert ?

— Je vais vous confier mon projet, dit le petit homme. Voyez-vous, je suis venu dans ce pays en ballon. Vous aussi êtes arrivée par la voie des airs, portée par un cyclone. Je crois donc que le meilleur moyen de traverser le désert est de le survoler. Évidemment, je n'ai pas le pouvoir de fabriquer un cyclone ; mais tout bien réfléchi, je crois être capable de fabriquer un ballon.

— Comment ? demanda Dorothée.

— Un ballon, expliqua Oz, est formé d'une étoffe de soie, qu'on enduit de colle forte pour qu'elle conserve le gaz à l'intérieur. Mais dans ce pays, on ne trouve pas le gaz nécessaire pour gonfler le ballon et lui permettre de flotter.

— S'il ne flotte pas, il ne nous servira à rien !

— Très juste, répliqua Oz. Mais il existe un autre moyen de le faire flotter, qui consiste à le gonfler d'air chaud. Cela ne vaut pas le gaz, car s'il refroidissait, le ballon atterrirait dans le désert, et nous serions perdus.

— Nous ! s'exclama la fillette. Vous venez donc avec moi ?

— En effet, dit Oz, je suis las de vivre en charlatan. Je ferais mieux de rentrer au Kansas avec vous, et de m'engager à nouveau dans un cirque.

— Je serai enchantée de votre compagnie.

— Merci, répondit-il. À présent, voulez-vous m'aider à coudre la soie ? Nous allons nous mettre tout de suite à notre ballon.

Quand tout fut prêt, Oz fit dire à son peuple qu'il s'en allait rendre visite à un frère magicien qui vivait dans les nuages. La nouvelle se répandit rapidement à travers la Cité, et chacun vint assister à ce prodige.

Oz ordonna de placer le ballon devant le palais, et le peuple l'examina avec une grande curiosité. Le Bûcheron-en-fer-blanc avait coupé une grande pile de bois ; il en faisait maintenant un bûcher, tandis qu'Oz maintenait le fond du ballon au-dessus du feu pour permettre à l'air chaud qui s'en dégageait d'emplir le sac de soie. Peu à peu, le ballon enfla et s'éleva dans les airs ; déjà le panier touchait tout juste au sol.

Alors Oz sauta dans la malle et s'adressa à son peuple d'une voix forte :

— Je pars en visite. Pendant mon absence, c'est l'Épouvantail qui régnera sur vous. Je vous demande de lui obéir comme à moi-même.

Cependant, le ballon tirait dur sur la corde qui le retenait au sol ; gonflé d'air chaud, il était plus léger que l'atmosphère environnante, et tendait irrésistiblement à s'élever vers le ciel.

— Venez, Dorothée ! cria le magicien. Dépêchez-vous, le ballon va s'envoler.

— Je n'arrive pas à retrouver Toto, répondit Dorothée, qui ne voulait pas abandonner son petit chien.

Toto s'était échappé dans la foule, à la poursuite d'un petit chat, mais Dorothée finit par le rattraper. Elle le saisit et courut vers le ballon.

Elle n'en était plus qu'à trois pas, et Oz lui tendait les mains pour l'aider à sauter dans le panier, quand, crac ! la corde céda !... et le ballon monta dans le ciel, sans Dorothée.

— Revenez ! criait-elle, je veux partir avec vous !

— Impossible, chère enfant, lança Oz du haut de son panier. Adieu !

— Adieu ! cria la foule.

Et tous les yeux suivaient l'ascension du magicien dans le panier, qui montait dans le ciel, toujours, toujours plus haut.

Ce fut la dernière fois que l'on vit Oz, le merveilleux magicien. Mais les gens continuèrent de chérir sa mémoire, et se répétaient les uns aux autres :

— Oz a toujours été notre ami. Quand il vivait parmi nous, il fit construire pour nous cette magnifique Cité d'Émeraude, et en partant, il a laissé le sage Épouvantail pour nous gouverner.

Longtemps encore, ils regrettèrent la perte du merveilleux magicien, et refusèrent d'en être consolés.

Chapitre 18

En route vers le Sud

Dorothée pleura amèrement : l'espoir de revoir son cher Kansas s'était évanoui.

Le lendemain du jour où le ballon s'était envolé avec Oz, les quatre voyageurs se réunirent dans la salle du trône pour discuter de choses et d'autres. L'Épouvantail trônait, et les autres se tenaient respectueusement devant lui.

— Nous n'avons pas à nous plaindre, dit le nouveau maître : ce palais et la Cité d'Émeraude nous appartiennent, et nous sommes libres d'agir à notre fantaisie. Si seulement Dorothée acceptait de vivre dans la Cité d'Émeraude, poursuivit l'Épouvantail, nous pourrions être tous heureux ensemble.

— Mais je ne veux pas vivre ici, s'écria Dorothée. Je veux retourner au Kansas, et vivre avec tante Em et oncle Henry.

— En ce cas, que pouvons-nous faire ? demanda le Bûcheron.

L'Épouvantail décida de penser, et il pensait si fort qu'aiguilles et épingles s'en hérissaient sur sa tête. À la fin, il dit :

— Pourquoi n'appelez-vous pas les singes ailés ? Ils pourraient vous faire survoler le désert.

— Je n'y ai pas songé, dit joyeusement la fillette. C'est exactement ce qu'il me faut ! Je cours chercher la coiffe d'or.

Peu après, elle était de retour avec la coiffe enchantée ; à peine eut-elle proféré la formule magique que la bande des singes ailés entrait en volant par la fenêtre ouverte et vint se poser devant elle.

— Voici la seconde fois que vous nous appelez, dit le roi des singes à l'enfant en s'inclinant devant elle. Que désirez-vous ?

— Je veux que vous m'ameniez jusqu'au Kansas, dit Dorothée.

Mais le singe secoua la tête.

— C'est impossible, dit-il. Nous appartenons à ce pays, nous n'avons pas le droit de franchir ses frontières. Adieu !

Il s'inclina une deuxième fois, déploya ses ailes et s'envola avec sa bande par la fenêtre.

Dorothée en aurait pleuré de déception.

— Les singes ailés ne peuvent pas m'aider. J'ai gaspillé pour rien le charme de la coiffe d'or, disait-elle.

L'Épouvantail s'était remis à penser.

— Appelons le soldat aux verts favoris, dit-il, et demandons-lui conseil.

On envoya quérir le soldat, qui pénétra timidement dans la salle du trône, car du temps d'Oz, il n'avait jamais été admis à en franchir le seuil.

— Cette enfant, lui dit l'Épouvantail, souhaite traverser le désert. Comment doit-elle s'y prendre ?

— Je ne sais pas, répondit le soldat ; jusqu'ici, personne, si ce n'est Oz lui-même, n'y est jamais parvenu.

— Et personne ne peut m'aider ? demanda anxieusement la petite fille.

— Glinda, peut-être, suggéra-t-il.

— Qui est Glinda ? interrogea l'Épouvantail.

— C'est la Sorcière du Sud, la plus puissante de toutes les sorcières. Elle règne sur les Kouadlingz. En outre, son château se dresse en bordure du désert, il est donc possible qu'elle connaisse un moyen de le franchir.

— Comment se rendre jusqu'à son château ? demanda Dorothée.

— Il faut marcher tout droit vers le Sud, expliqua-t-il, mais on prétend que mille dangers guettent ceux qui s'aventurent dans ces parages. C'est pourquoi aucun Kouadling n'est jamais venu jusqu'à la Cité d'Émeraude.

Le soldat se retira et l'Épouvantail prit la parole :

— Malgré les dangers, le mieux est que Dorothée se rende au pays du Sud et implore le secours de Glinda. Car c'est évident, si Dorothée reste ici, elle ne rentrera jamais au Kansas.

— J'accompagne Dorothée, déclara le Lion, car je suis las de votre Cité, et languis après les grands bois et la campagne. Je suis une vraie bête sauvage, voyez-vous. De plus, Dorothée a besoin de quelqu'un pour la protéger.

— Vous avez raison, approuva le Bûcheron. Ma hache peut lui être également utile ; j'irai donc, moi aussi, jusqu'au pays du Sud.

— Quand partons-nous ? demanda l'Épouvantail.

— Vous venez aussi ? s'étonnèrent ses trois compagnons.

— Évidemment ! Sans Dorothée, je n'aurais jamais eu de cervelle.

— Merci, dit Dorothée avec gratitude. Vous êtes tous si gentils pour moi. Mais j'aimerais partir le plus tôt possible.

— Nous partons demain, décida l'Épouvantail. Allons faire nos préparatifs, car le voyage sera long.

Chapitre 19

L'attaque des arbres combattants

Le lendemain matin, Dorothée donna un baiser d'adieu à la servante vêtue de vert, et tous serrèrent la main du soldat aux verts favoris, qui les avait accompagnés jusqu'à la grand-porte.

— À présent, c'est vous qui nous gouvernez, dit-il à l'Épouvantail : vous devez revenir le plus tôt possible.

— C'est bien mon intention, répondit celui-ci, mais je dois d'abord aider Dorothée à rentrer chez elle.

Le soleil brillait vivement tandis que nos amis dirigeaient leurs pas vers le pays du Sud.

Le premier jour de marche, la route serpentait par les prés verts et fleuris qui entouraient la Cité d'Émeraude. Ils dormirent dans l'herbe, à la belle étoile.

Le matin suivant, leur chemin les mena jusqu'à une forêt touffue. Aucun sentier ne permettait de la contourner ; ils cherchèrent donc l'endroit qui leur offrirait le plus facile accès.

L'Épouvantail, qui menait la marche, finit par découvrir un grand arbre dont les branches basses s'écartaient suffisamment pour laisser le passage à la petite troupe. Comme il s'engageait sous les branches, celles-ci s'entortillèrent autour de lui, et l'instant d'après, il fut soulevé de terre et projeté, tête la première, parmi ses compagnons.

— Comme c'est étrange ! s'exclama Dorothée.

— Les arbres semblent décidés à nous combattre et à interrompre notre voyage, remarqua le Lion.

— Je vais essayer à mon tour, dit le Bûcheron.

Et la hache sur l'épaule, il se dirigea vers le premier arbre qui avait traité si rudement l'Épouvantail. Alors qu'une branche s'abaissait déjà pour le saisir, le Bûcheron la frappa, la tranchant net. L'arbre se mit à agiter toutes ses branches, comme s'il se tordait de douleur, mais le Bûcheron passa sain et sauf.

— Vite ! cria-t-il aux autres, venez !

À l'intérieur de la forêt, les arbres se tenaient tranquilles. Ils parvinrent donc facilement à l'autre bout de la forêt. Mais à leur grande surprise, un haut mur se dressa devant eux, qui semblait de porcelaine blanche. Il était lisse comme une soucoupe, et beaucoup plus haut qu'eux.

— Et maintenant, dit Dorothée, comment allons-nous continuer ?

— Je vais fabriquer une échelle, répondit le Bûcheron, car nous n'avons pas le choix : il faut escalader ce mur.

Chapitre 20

Le pays de porcelaine

L'Épouvantail regardait le Bûcheron à l'œuvre.

— Je n'arrive pas à comprendre pourquoi ce mur se dresse là, ni de quoi il est fait, lui dit-il.

— Cessez de vous creuser la cervelle et de vous inquiéter au sujet de ce mur, répondit le

Bûcheron ; nous verrons bien quand nous serons de l'autre côté.

Au bout d'un certain temps, l'échelle fut achevée. L'Épouvantail grimpa le premier, mais si maladroitement que Dorothée dut le suivre et le soutenir pour l'empêcher de tomber à la renverse. Au moment où sa tête parvenait au haut du mur, il s'arrêta.

— Ooooh ! fit-il.

— Avancez, le pressa Dorothée.

L'Épouvantail avança et s'assit sur le bord. Dès que la tête de Dorothée eut dépassé la crête du mur :

— Ooooh ! fit la fillette, tout comme l'avait fait l'Épouvantail.

Le Lion grimpa ensuite, enfin le Bûcheron, et tous deux poussèrent le même « Ooooh ! » dès qu'ils eurent jeté un coup d'œil par-dessus le mur. Assis en rang sur le rebord, tous contemplèrent un moment l'étrange spectacle.

À leurs pieds s'étendait une contrée au sol aussi blanc, poli et reluisant que le fond d'un plat à gâteaux. Çà et là se dressaient des maisons tout en porcelaine et peintes des plus vives couleurs. Elles étaient très petites, la plus haute atteignait tout juste la ceinture de Dorothée. Mais le plus curieux du spectacle, c'étaient les habitants de cet étrange pays : merveille des merveilles ! tout ce peuple était de porcelaine, jusqu'aux habits, et si petit que le plus grand d'entre eux arrivait à peine au genou de Dorothée.

— Nous devons marcher avec précaution, dit le Bûcheron au bon cœur, sinon nous risquons d'abîmer ce charmant petit peuple.

Un peu plus loin, Dorothée aperçut une jeune princesse, magnifiquement vêtue, qui, à la vue de ces étrangers, s'arrêta interdite, puis s'enfuit en courant.

Dorothée aurait voulu l'admirer encore et courut derrière elle ; mais la jeune fille de porcelaine se mit à crier :

— Cessez de me poursuivre ! cessez de me poursuivre !

Elle semblait si effrayée que Dorothée s'arrêta et lui demanda :

— Pourquoi ?

— Parce que, expliqua la princesse, je risque de tomber en courant et de me briser.

— Mais vous pourriez vous faire raccommoder ? demanda la petite fille. Vous êtes si belle que je pourrais vous aimer tendrement. Laissez-moi vous emmener avec moi au Kansas pour vous poser sur le manteau de cheminée de tante Em. Je vous mettrai dans mon panier.

— Cela me rendrait très malheureuse, répondit la princesse de porcelaine. Voyez-vous, nous vivons heureux dans notre pays. Mais si l'un de nous est emmené au loin, aussitôt ses membres se raidissent ; dès lors, il ne lui reste plus qu'à se tenir figé, dans une pose gracieuse. Sans doute est-ce tout ce que l'on exige de nous, quand nous décorons les manteaux de cheminée, mais notre vie est tellement plus agréable ici, dans notre propre pays !

Tout ce peuple était de porcelaine.

— Pour rien au monde je ne voudrais vous rendre malheureuse, s'exclama Dorothée. Adieu donc !

— Adieu ! répondit la princesse.

Ils marchèrent avec prudence à travers la contrée de porcelaine. Les petits animaux et les gens décampaient de leur chemin, par crainte d'être brisés ; au bout d'une heure environ, les voyageurs atteignirent l'autre côté du pays, et se trouvèrent à nouveau devant un mur de porcelaine.

Toutefois, celui-ci était moins haut que le premier, et ils parvinrent à grimper sur son faîte en montant sur le dos du Lion. Puis, celui-ci se ramassa sur lui-même et, détendant ses muscles, bondit par-dessus le mur.

Chapitre 21

Le Lion devient le roi des animaux

De l'autre côté du mur de porcelaine, les voyageurs découvrirent une forêt dont les arbres leur parurent les plus hauts et les plus vieux qu'ils eussent jamais vus.

— Cette forêt est absolument délicieuse, déclara le Lion, regardant autour de lui avec plaisir ; je n'ai jamais vu d'endroit aussi superbe.

— Peut-être y a-t-il des bêtes sauvages dans cette forêt, dit Dorothée.

Bientôt, un sourd grondement, fait de mille grognements sauvages, parvint à leurs oreilles. Toto gémit un peu, mais les voyageurs poursuivirent sans crainte le sentier bien tracé qui les mena jusqu'à une clairière. Des centaines d'animaux, de toutes les espèces, y étaient rassemblées. Il y avait là des tigres, des éléphants, des ours, des loups, des renards, et tous ceux qu'on peut voir dans les livres d'histoire naturelle. Sur le moment, Dorothée ne se sentit pas rassurée. Mais le Lion expliqua que les animaux tenaient conseil.

En entendant sa voix, quelques animaux l'aperçurent, et comme par magie, il se fit aussitôt un grand silence dans l'assemblée. Le plus gros des tigres s'approcha du Lion et, après l'avoir salué avec respect, lui dit :

— Sois le bienvenu, ô roi des animaux ! Tu arrives à temps pour combattre notre ennemi, et ramener la paix parmi les habitants de cette forêt.

— Qu'est-ce qui vous afflige ? demanda le Lion, tranquillement.

— Un féroce ennemi est arrivé récemment dans ces bois. C'est un monstre effrayant, qui ressemble à une araignée géante, avec un corps aussi gros qu'un éléphant, et huit bras immenses, de la longueur d'un tronc d'arbre. Lorsqu'il capture un animal avec l'un de ses tentacules, il l'attire jusqu'à sa bouche et l'engloutit comme une araignée dévorant un papillon. Aucun de nous ne sera en sécurité tant que vivra cette horrible créature, c'est pourquoi nous tenions conseil.

Le Lion médita un moment, puis demanda :

— Y a-t-il d'autres lions dans cette forêt ?

— Il y en avait ! mais le monstre les a tous dévorés.

— Si je détruis votre ennemi, vous inclinerez-vous devant moi, et m'obéirez-vous comme au roi de la forêt ? interrogea le Lion.

— Avec joie ! rugirent en chœur les autres animaux.

— Alors, où se cache-t-elle, votre grosse araignée ? demanda le Lion.

— Là-bas, parmi les chênes, dit le tigre, pointant sa patte avant dans la direction.

Le Lion dit au revoir à ses compagnons, et partit bravement livrer bataille au monstre.

Il découvrit la grande araignée en train de dormir sur le sol. Sa bouche immense était armée d'une rangée de dents pointues, d'un pied de long. Mais sa tête se rattachait à son énorme corps par un cou aussi mince qu'une taille de guêpe. Cette particularité inspira au Lion une bonne tactique pour attaquer cette créature. Il bondit en avant, atterrit en plein sur le dos du monstre, et d'un coup de sa lourde patte aux griffes acérées, décapita l'araignée : le monstre avait vécu.

Le Lion revint à la clairière, où les animaux attendaient son retour, et dit fièrement :

— Vous n'avez plus rien à redouter de votre ennemi.

Alors, les bêtes s'inclinèrent devant le Lion comme devant leur roi, et il leur promit de revenir les gouverner, dès que Dorothée aurait trouvé le moyen de rentrer au Kansas.

Chapitre 22

Le pays des Kouadlingz

Parvenus sans encombre à l'autre bout de la forêt, les voyageurs émergèrent de ses ténèbres pour se trouver au pied d'une colline aux pans escarpés et rocheux.

— L'escalade va être rude, dit l'Épouvantail.

— Que faire ? demanda Dorothée.

— Appelez les singes ailés, suggéra le Bûcheron. Vous avez le droit de les sommer une dernière fois.

— Bonne idée, répondit-elle.

Et mettant la coiffe d'or sur sa tête, elle proféra les paroles magiques. Les singes ailés ne se firent pas plus attendre que d'ordinaire, et l'instant d'après, la troupe au complet se tenait devant l'enfant.

— Qu'ordonnez-vous ? demanda le roi des singes, avec un profond salut.

— Emmenez-nous par-delà cette colline, jusqu'au pays des Kouadlingz, répondit la petite fille.

— Ce sera fait, dit le roi.

Aussitôt, les singes ailés prirent les quatre voyageurs et Toto dans leurs bras, et s'envolèrent. Dorothée et ses compagnons franchirent sans dommage la colline grâce à leurs sauveteurs, qui les déposèrent bientôt dans le beau pays des Kouadlingz.

— C'est la dernière fois que vous nous convoquez, dit le roi à Dorothée. Adieu donc, et bonne chance !

— Adieu, et mille fois merci, dit en retour la fillette.

Les singes ailés prirent leur essor et disparurent en un clin d'œil.

Le pays des Kouadlingz semblait prospère et heureux. Clôtures, maisons et ponts étaient peints d'un rouge vif, tout comme ils étaient peints en jaune au pays des Ouinkiz, et en bleu au pays des Muntchkinz. Quant aux Kouadlingz, petits gros à l'air joufflu et bon enfant, ils étaient également tout de rouge vêtus, ce qui formait un brillant contraste avec le vert de l'herbe et l'or des épis.

Comme les singes les avaient déposés non loin d'une ferme, les quatre voyageurs s'approchèrent et frappèrent à la porte. Ce fut la fermière qui vint ouvrir, et quand Dorothée demanda un peu de nourriture, la femme leur offrit à tous un bon souper.

— Sommes-nous encore loin du château de Glinda ? se renseigna l'enfant.

— Plus guère, répondit la fermière. Prenez la route du Sud, et vous y serez vite arrivés.

Ils se remirent en route et virent bientôt se dresser devant eux un magnifique château. Les portes en étaient gardées par trois jeunes filles, vêtues de beaux uniformes rouges, galonnés d'or ; comme Dorothée s'avançait, l'une d'elles lui demanda :

— Que venez-vous chercher au pays du Sud ?

— Je viens voir la Bonne Sorcière qui règne ici, répondit-elle. Pouvez-vous me conduire jusqu'à elle ?

— Dites-moi d'abord qui vous êtes, et je demanderai à Glinda si elle accepte de vous recevoir.

Ils se nommèrent donc, et la jeune fille en uniforme entra dans le château. Elle revint au bout d'un moment leur annoncer qu'ils seraient reçus tout à l'heure.

Chapitre 23

Glinda exauce le vœu de Dorothée

Mais, avant de voir Glinda, on les emmena dans une pièce du château, où Dorothée put faire un brin de toilette et recoiffer ses cheveux. Le Lion secoua la poussière de sa crinière, et tandis que l'Épouvantail retapait avantageusement sa silhouette, le Bûcheron briquait son fer-blanc et s'huilait les jointures.

Quand ils furent enfin présentables, ils suivirent la fille soldat jusqu'à la salle où siégeait la Bonne Sorcière Glinda, sur son trône de rubis.

— Que puis-je pour vous, mon enfant ? demanda-t-elle.

Dorothée raconta à la sorcière toute son histoire : comment elle avait été emportée au pays d'Oz, comment elle avait rencontré ses amis, quelles merveilleuses aventures leur étaient survenues.

— Maintenant, conclut-elle, mon vœu le plus cher est de rentrer chez moi au Kansas, car tante Em doit sûrement penser qu'il m'est arrivé quelque chose de terrible et se ronger d'inquiétude.

— Réjouissez-vous, ma chère petite, dit-elle, car je connais le moyen de vous faire retourner au Kansas. Mais, ajouta-t-elle, vous devez me céder la coiffe d'or.

« Vous devez me céder la coiffe d'or. »

— Volontiers, s'exclama Dorothée, elle ne me sert plus à rien, à présent ; tandis qu'en votre possession, elle vous permettra d'appeler trois fois les singes ailés.

— Et je pense justement recourir trois fois à leur service, répondit Glinda en souriant.

Dorothée lui donna la coiffe d'or, et la sorcière demanda à l'Épouvantail :

— Qu'allez-vous faire quand Dorothée nous aura quittés ?

— Je m'en retournerai à la Cité d'Émeraude, répondit-il, car Oz m'en a confié la charge, et le peuple m'apprécie beaucoup.

— Grâce à la coiffe d'or, j'ordonnerai aux singes ailés de vous porter jusqu'à l'entrée de la Cité d'Émeraude, dit Glinda.

Puis se tournant vers le Bûcheron-en-fer-blanc, elle demanda :

— Et vous, qu'adviendra-t-il de vous, quand Dorothée aura quitté le pays ?

Il s'appuya sur sa hache pour méditer un instant, et répondit :

— Les Ouinkiz ont été très gentils envers moi, ils auraient désiré que je les gouverne, quand la Méchante Sorcière est morte. J'aime beaucoup les Ouinkiz, et si je pouvais retourner au pays de l'Ouest, rien ne me plairait davantage que de régner sur eux à tout jamais.

— J'ordonnerai donc aux singes ailés de vous porter sain et sauf au pays des Ouinkiz, ce sera mon deuxième commandement, dit Glinda. Puis la sorcière se tourna vers le gros Lion et demanda :

— Quand Dorothée sera repartie chez elle, qu'allez-vous devenir ?

— De l'autre côté de la colline, répondit-il, s'étend une vaste et vieille forêt ; toutes les bêtes qui l'habitent m'ont reconnu pour leur roi. Si je pouvais rejoindre cette forêt, j'y vivrais très heureux.

— Ce sera mon troisième commandement aux singes ailés, dit Glinda, ils vous transporteront jusqu'à votre forêt. Alors, les pouvoirs magiques de la coiffe seront épuisés.

L'Épouvantail, le Bûcheron et le Lion exprimèrent toute leur gratitude et remercièrent la sorcière de sa bienveillance ; à son tour, Dorothée s'exclama :

— Certes ! vous êtes aussi bonne que belle ! Mais vous n'avez pas encore dit comment je rentrerais au Kansas.

— Vos souliers d'argent vous porteront par-delà le désert, répondit Glinda. Si vous aviez connu leurs pouvoirs, vous auriez pu rentrer chez votre tante Em dès le premier jour de votre arrivée en ce pays.

— Mais alors, je n'aurais pas mon admirable cervelle ! s'écria l'Épouvantail.

— Et moi, je n'aurais pas mon bon cœur, dit le Bûcheron-en-fer-blanc.

— Et moi, j'aurais toujours vécu en poltron, déclara le Lion.

— C'est bien vrai, dit Dorothée, et je suis heureuse d'avoir rendu service à mes bons amis. Mais à présent que chacun d'eux possède ce qu'il désirait le plus au monde, je crois que j'aimerais retourner au Kansas.

— Les souliers d'argent, dit la Bonne Sorcière, sont dotés de vertus magiques. L'un de leurs effets les plus étonnants, c'est qu'ils peuvent vous transporter en n'importe quel point de la terre en trois pas, et chaque pas se fait en un clin d'œil. Il vous suffit de frapper trois fois vos talons ensemble, et d'ordonner aux souliers d'aller où vous le désirez.

— Si c'est aussi simple que cela, dit joyeusement l'enfant, je vais leur demander de m'emporter tout de suite au Kansas.

Elle noua ses bras autour du cou du Lion et l'embrassa en caressant tendrement sa grosse tête. Puis elle embrassa le Bûcheron, qui pleurait à chaudes larmes, pour le plus grand péril de ses jointures. Elle n'embrassa pas la face peinte de l'Épouvantail, mais serra sa molle carcasse de paille et s'aperçut qu'elle-même pleurait d'être obligée de quitter ses affectueux compagnons.

Glinda la Bonne descendit de son trône de rubis, donna à l'enfant un baiser d'adieu, et Dorothée la remercia pour toute la générosité dont elle avait fait preuve envers elle-même et ses amis.

Puis elle prit solennellement Toto dans ses bras, et après un dernier adieu, elle fit claquer trois fois les talons de ses souliers, leur ordonnant :

— Ramenez-moi chez tante Em !

L'instant d'après, elle tourbillonnait dans les airs, si légèrement qu'elle sentait seulement le vent siffler à ses oreilles.

Les souliers d'argent ne firent que trois pas, et s'arrêtèrent de façon si brutale que la fillette roula plusieurs fois dans l'herbe, avant de réaliser où elle se trouvait.

À la fin, elle se redressa et regarda les alentours.

— Bonté divine ! s'écria-t-elle.

Elle était assise dans la vaste prairie du Kansas, et devant elle, s'élevait la nouvelle ferme qu'oncle Henry avait construite quand le cyclone avait emporté l'ancienne. Oncle Henry était occupé à traire les vaches dans la laiterie. Et Toto, qui avait sauté des bras de la fillette, courait vers la ferme en lançant des aboiements joyeux.

Dorothée se releva et s'aperçut qu'elle était en chaussettes. Les souliers d'argent étaient tombés pendant son vol, et gisaient, perdus pour toujours, dans le désert.

Chapitre 24

Retrouvailles

Tante Em venait juste de sortir de la maison pour arroser les choux, quand elle releva la tête et vit Dorothée qui accourait.

— Mon enfant chéri ! s'écria-t-elle, entourant la fillette dans ses bras et couvrant son visage de baisers. Pour l'amour du ciel, d'où viens-tu ?

— Du pays d'Oz, répondit gravement Dorothée. Et Toto est là, lui aussi. Oh ! tante Em ! comme je suis heureuse d'être de retour à la maison !

Pour en savoir plus

Le créateur du *Magicien d'Oz*

Lyman Frank Baum est né en 1856 aux États-Unis, dans l'État de New York. C'est le fils d'un riche magnat du pétrole. Enfant timide, d'une santé fragile, il se plonge dans la lecture des contes de fées et manifeste son goût pour les histoires merveilleuses qui le marqueront pour toujours. Ses parents, le trouvant trop rêveur, l'envoient étudier à l'âge de douze ans dans une académie militaire dans laquelle la discipline est très sévère. Mais ce cadre trop strict ne convient pas du tout au jeune L. Frank, qui peu à peu va dépérir. Ses parents prennent alors la décision de le ramener et de le scolariser à la maison. Ils deviennent plus attentifs à son caractère et à ses désirs.

Dès son adolescence, L. Frank Baum se montre un véritable touche-à-tout. À l'âge de quinze ans, il imprime avec son frère son propre journal, *The Rose Lawn Home Journal*, puis se lance dans l'élevage de poules, sur lequel il écrira un premier ouvrage. Avec l'aide de son père, il fonde une troupe de théâtre et devient comédien sous les pseudonymes de Louis F. Baum et Georges Brooks. Plus tard, il écrira des pièces de théâtre, une comédie musicale, ouvrira un magasin dans le Dakota, sera journaliste et même représentant de commerce pour une compagnie de porcelaine. Son esprit d'entreprise, qui paraît sans limites, lui permet toujours de rebondir.

Il se marie en 1882 à Maud Cage, avec qui il aura plusieurs enfants, et se montre un père attentionné. Pendant ses nombreux voyages de journalistc ou de représentant de commerce, il passe son temps à imaginer des personnages merveilleux et des péripéties extraordinaires pour les mettre en situation. De retour chez lui, il invente avec ces matériaux des histoires qu'il raconte à ses quatre enfants. Sa belle-mère remarque son don pour captiver son jeune public. Elle lui suggère de coucher ses histoires sur le papier. L. Frank Baum publiera son premier livre pour enfants en 1897, *Mother Goose in Prose*, un recueil de poésies absurdes s'inspirant de célèbres comptines anglaises. Deux ans plus tard, il s'associe avec l'illustrateur William Wallace Denslow et éditera *Father Goose, His Book*, qui sera un véritable succès, devenant le livre pour enfants le plus vendu aux États-Unis.

Un classique de la littérature de jeunesse

Ce premier succès encourage L. Frank Baum à poursuivre dans la voie de l'écriture de livres pour enfants. Sa fructueuse collaboration avec l'illustrateur Denslow se poursuivra pour donner naissance à un classique de la littérature de jeunesse, *Le Magicien d'Oz* (*The Wonderful*

Wizard of Oz), qui viendra confirmer sa réputation de conteur.

Le point de départ de cette œuvre aurait été les histoires que L. Frank Baum imaginait pour ses enfants et leurs camarades, les épisodes venant s'ajouter les uns aux autres. Selon une anecdote, le nom du pays d'Oz viendrait d'une question de son auditoire. Un jour, un enfant lui demande où se passe l'étrange histoire qu'il est en train de raconter. Pris de court, L. Frank Baum fait semblant de se retirer dans son bureau pour aller chercher quelque chose. En fait, il essaie de gagner du temps pour réfléchir. Ses yeux tombent alors sur les tiroirs d'un meuble où sont rangés des dossiers classés par ordre alphabétique. Le premier tiroir est noté « A-N », le second « O-Z ». Il revient alors devant son jeune public pour reprendre son récit.

Légende ou pas, le fabuleux pays d'Oz venait de naître. Le livre paraît en 1900 aux éditions George M. Hill Co, et connaît immédiatement un succès prodigieux. Pour les enfants de langue anglaise, il devient vite aussi populaire qu'*Alice au pays des merveilles* de Lewis Carroll ou les contes de fées de Charles Dickens.

Un nouveau genre de conte

À cette époque, il y a plus de cent ans, très peu de contes de fées avaient été écrits par des auteurs américains. Les grands auteurs dont les histoires sont connues sont européens : Charles Perrault et ses *Contes de ma mère l'Oye* bien sûr, mais aussi les *Contes du foyer et de l'enfance* des frères Grimm ou encore les *Contes pour enfants* d'Andersen. Baum, pour écrire *Le Magicien d'Oz*, va largement s'inspirer de ces contes qu'il a lus assidûment pendant toute son enfance.

Mais il a le projet de renouveler le genre des contes merveilleux. Pour L. Frank Baum, les contes qu'il a tant aimés dans sa jeunesse sont à ranger dans le rayon « historique » des bibliothèques car leur morale, les événements cruels et horribles qui s'y déroulent, les personnages qui font peur aux enfants, ne correspondent plus à l'éducation de son époque. C'est donc d'abord en pensant à ses lecteurs que Baum entreprend de moderniser les contes en les débarrassant des personnages malfaisants et des scènes terrifiantes pour ne garder que les éléments merveilleux et plaisants qui divertiront les enfants de ce début de XXe siècle. Dans son monde imaginaire, les épouvantails et les lions deviennent de gentils compagnons, les méchantes sorcières sont rapidement vaincues, et la forêt n'est plus un lieu d'inquiétude. Son héroïne, Dorothée, est une petite fille joyeuse, qui n'est pas à la recherche de quelque chose ; sa situation ne sera pas changée. Elle vit son aventure dans le monde coloré du pays d'Oz comme un long rêve tout comme l'Alice de Lewis Caroll.

L. Frank Baum conserve uniquement l'émerveillement et la joie propres au genre dans le seul but de plaire aux enfants, se démarquant ainsi des contes traditionnels.

Le fabuleux destin du pays d'Oz

Après ce succès, L. Frank Baum, va consacrer la plus grande partie de sa vie et de son énergie à cette œuvre. En 1901, il adapte son livre et réalise une comédie musicale avec le compositeur Paul Tietjens. L'illustrateur Denslow en assure les costumes et les décors. Elle est présentée à Chicago, puis à Broadway l'année suivante. C'est un nouveau triomphe. Cette comédie musicale fera le tour des États-Unis pendant plus d'une dizaine d'années.

Mais Baum ne s'arrête pas là. Tout en écrivant d'autres livres pour enfants, il va poursuivre la construction du monde imaginaire du pays d'Oz et écrira treize romans se déroulant dans ce monde fantastique, le dernier, consacré à la gentille sorcière Glinda, étant publié après sa mort, en 1920.

Toujours aussi entreprenant, L. Frank Baum réalise également un premier film muet à partir de son œuvre en 1908. En 1910, il s'installe avec sa famille à Hollywood et va créer à côté des studios d'Universal une compagnie de film *Oz Film Manufacturing Company*. Plusieurs films seront tournés à partir des suites du *Magicien d'Oz*. Mais c'est un échec commercial. Baum est en avance sur son temps, le marché des films pour la jeunesse n'existe pas encore.

Après la mort de son créateur en 1919, le pays d'Oz va continuer à vivre à travers les romans d'autres auteurs comme Ruth Plumly Thompson, John R. Neill, Jack Snow, ou encore E.J. et L.L. McGraw. Plus d'une quarantaine d'ouvrages est ainsi publiée jusque dans les années soixante.

Si les films de L. Franck Baum n'ont pas eu de succès, c'est celui de Victor Fleming, tourné en 1939 avec pour vedette Judith Garland, qui va apporter une consécration mondiale à l'œuvre de Baum. *Le Magicien d'Oz* est devenu désormais, grâce à l'obstination de l'écrivain, un véritable objet de culture sans cesse commenté, réécrit et tourné.

Vérifions nos connaissances en jouant autour du *Magicien d'Oz*...

Vrai ou faux ?

1. Lyman Frank Baum est un auteur américain.
2. Il a fait toutes ses études dans une académie militaire.
3. Enfant, il est passionné par les contes de fées, dont il s'inspirera pour écrire à son tour.
4. C'est en racontant des histoires à ses enfants qu'il a commencé à écrire.
5. Il n'a exercé que le métier d'écrivain pendant toute sa vie.
6. *Le Magicien d'Oz* est le premier livre pour enfants qu'il a écrit.
7. Lyman Frank Baum a voulu renouveler le genre du conte merveilleux pour l'adapter aux goûts des enfants de son époque.

8. Il a débarrassé son histoire des personnages malfaisants et des scènes terrifiantes.
9. Plusieurs suites du *Magicien d'Oz* ont été écrites jusque dans les années soixante.
10. C'est le film muet que Lyman Frank Baum a réalisé qui a rendu son œuvre mondialement célèbre.

L'héroïne

L'héroïne du roman s'appelle :

a. Doreen.
b. Déborah.
c. Dorothée.
d. Debby.

Elle vit chez :

a. son oncle et sa tante.
b. son père et sa mère.
c. sa grande sœur.

Elle habite aux États-Unis dans l'État :

a. du Dakota.
b. du Kentucky.
c. de l'Arkansas.
d. du Kansas.

Sa maison est emportée au pays d'Oz par :

a. un tsunami.

b. une tornade.

c. un tremblement de terre.

À qui va-t-elle demander son chemin pour rentrer chez elle ?

a. Au magicien d'Oz.

b. À son chien Toto.

c. À la Sorcière de l'Est.

Les compagnons de l'héroïne

Au cours de son voyage, l'héroïne va rencontrer différents personnages qui vont devenir ses amis : Le Bûcheron-en-fer-blanc, le Lion poltron et l'Épouvantail. Chacun d'eux est à la recherche de quelque chose.

Relie chaque personnage à l'objet de sa quête.

Le Bûcheron-en-fer-blanc	une cervelle
Le Lion poltron	un cœur
L'Épouvantail	du courage

Comment pensent-ils l'obtenir ?

a) En le demandant au magicien d'Oz.

b) En le dérobant à la Méchante Sorcière de l'Est.

c) En trouvant sa cachette dans une forêt magique.

Raconte ce que chacun d'eux va devenir après le retour de l'héroïne chez elle.

Le fabuleux pays d'Oz : sorcières et magiciens

« Dans les pays civilisés, je crois qu'il ne reste plus de sorcières, ni de magiciens, ni d'enchanteresses, ni d'enchanteurs. Par contre, voyez-vous, le pays d'Oz n'a jamais été civilisé car nous sommes coupés du reste du monde. C'est pourquoi il existe encore des sorcières et des magiciens parmi nous, dit la sorcière du Nord. »

1. Combien y a-t-il de sorcières dans le pays d'Oz ?
2. Où vit chacune d'elle ?
3. Lesquelles sont de bonnes sorcières ? Lesquelles sont malfaisantes ?
4. Une seule est nommée dans le conte : quel est son nom ?
5. Combien y a-t-il de magiciens dans le pays d'Oz ?

Des habitants accueillants dans un pays coloré.

Le pays d'Oz est peuplé d'habitants qui vont accueillir avec gentillesse l'héroïne et ses amis.

Relie le nom de chaque peuple à la couleur dominante de son pays et à sa région.

Les Ouinkiz	rouge	Sud
Les Muntchkinz	jaune	Ouest
Les Kouadlingz	bleu	Est

Encore des couleurs :

1. De quelle couleur est la ville du magicien d'Oz ?
2. De quelle couleur sont les pavés du chemin qui y mène ?
3. De quelles couleurs est la robe de l'héroïne ? Qu'est-ce que cela signifie pour les habitants du pays d'Oz ?

Le magicien d'Oz

Le magicien d'Oz est le personnage qui donne son nom au conte. Il apparaît sous deux visages différents.

Imaginaire…

« Je suis Oz, le grand et le redoutable. »

1. Où habite le magicien d'Oz ?

2. Que pense de lui les habitants du pays d'Oz ?

3. Sous quelles formes apparaît-il successivement ?

4. Quelle mission donne-t-il à l'héroïne et ses amis ?

… et réel.

« Je suis un charlatan, dit le petit homme en se frottant les mains ».

1. Qui est véritablement le magicien d'Oz ?

2. Comment s'y est-il pris pour faire croire :

a. qu'il pouvait prendre différentes formes ?

b. que sa cité est complètement verte ?

3. Donne-t-il à chacun des personnages ce qu'ils étaient venus chercher ? De quelle façon ?

4. Comment va-t-il rentrer chez lui ?

Raconte le retour de l'héroïne chez elle. Est-il réel ou imaginaire ?

Débat 1 :

Que penses-tu du comportement du magicien d'Oz ? A-t-il bien fait ou pas de se faire passer pour un magicien ?

Débat 2 :

Rappelle quelques éléments de l'univers merveilleux et de l'univers réel de ce conte. Quel univers préfères-tu ? Pourquoi ?

TABLE DES MATIÈRES

Imprimé à Barcelone par: CPI BLACK PRINT

Mise en page par Meta-systems - 59100 Roubaix

Dépôt légal : octobre 2011

N° d'édition : L.01EJEN000646.C004

Loi n° 49-956 du 16 juillet 1949

sur les publications destinées à la jeunesse